源氏物語の和歌

Genjimonogatari no Waka

高野晴代

コレクション日本歌人選008
Collected Works of Japanese Poets

笠間書院

『源氏物語の和歌』

目次

凡例

一、本書は、『源氏物語』の各巻から一首ずつを選んで構成し、全部で五十四首を収載した。

一、本書は、『源氏物語』の和歌の特徴を捉えるため、特に贈答歌の詠み方に焦点をあて、歌が贈答された後の詠み手の関係の変化や、物語の筋の展開等に重点を置いて解説した。また、主要人物の歌のみを対象にするのではなく、場面も種々選び、多彩な歌の姿を捉えるようにした。年立（としだて）に合わせて歌とともに各巻の概要も載せ、各巻一首であるが、本書を通して『源氏物語』の筋が追えるように工夫した。

一、本書は、次の項目からなる。「作品本文」「出典」「口語訳」「年立」（巻梗概）「鑑賞」「脚注」「概観」「光源氏・薫略年譜」「解説」「読書案内」「付録エッセー」。

一、テキスト本文は、小学館〈新編日本古典文学全集〉『源氏物語一～六』に拠ったが、適宜漢字をあてて読みやすくした。

一、鑑賞は、一首につき見開き二ページを当てた。

編集部注：本書帯の秋山氏の御文は『秋山虔セレクション　平安文学の論』（小社刊）「日本文学史における和歌」より抄出した。

源氏物語の和歌

01

限りとて別るる道の悲しきに行かまほしきは命なりけり

桐壺更衣

【出典】桐壺巻《夏、桐壺更衣、病を得て里に退出》

今は限りとお別れして行く死出の道が悲しく思われるにつけて、行きたいと願うのは、命の道、生きる力を与えてくれる道でございます。

【年立】光源氏一歳から十二歳。桐壺巻は、桐壺更衣と桐壺帝の悲痛な恋と光君の出生、夏になって病に罹った更衣の退出とその死、光君の成人とその臣籍降下、藤壺の入内、源氏の元服、葵上との結婚までを描く。

【語釈】○行かまほし―行きたい。「生く」の語が掛けられ、生きたいという意を含む。○命―生きる源泉としての命。限りはあってもなお生き続けようとする生への意志の力。

『源氏物語』の開巻桐壺巻は、主人公光源氏の誕生を語る巻であると同時に、幼くして母の桐壺更衣を喪うというその未来を決定する巻でもある。桐壺更衣は光源氏を生んで二年後の夏、病に冒され、死を迎えるために里である実家へ退くことを余儀なくされる。その時、夫の桐壺帝に最期の別れを告げた歌がこの歌である。

桐壺帝は、「*限りあらむ道にも後れ先立たじと契らせ給ひけるを。さりともうち棄てては、え行きやらじ」と言って更衣にすがりつく。更衣もたいそう辛いと帝を見詰め返してこの歌を詠む。桐壺帝の言葉と更衣のこの歌を比べると、「限り」「道」「行く」という*三語が共通していることに気づく。更衣の歌は、帝の言葉を受けてそれに応えたという内容になっている。

相手の言葉を取りこんで返歌を詠むという約束は、古代からの男女贈答歌の慣習であるが、その慣習にこの歌は従っているようである。そういう点でこの歌は男女贈答歌の典型ともとれる。この部分、*地の文では「*女もいといみじと見たてまつりて」とあって、更衣のことをあえて「女」と言い換えているのであるが、それも作者が、男女という原点をことさら意識的に打ち出した表現とも見てとれよう。

「このまま私をうち棄てて行くことはあるまいな」と訴える帝に対し、死を覚悟しつつも、「うち棄てるのではありません、私は生きる道を選ぶのです」と言い放つように詠む更衣の悲しみは痛々しい。この母の遺志を受け、光源氏はこの後、母の面影を追い求める主人公として運命づけられることになる。そういう意味で、これは物語の出発点ともなる重要な歌だと言えよう。

*限りあらむ…—決められている死への道であろうとも、後先のないよう共に行こうとあれほど約束し合ったではないか。まさかこのまま私を見捨てて行くのではあるまいな、という意味。

*三語が共通—新日本古典文学大系源氏物語に、更衣の歌は帝の言葉を借りての詠歌という指摘がある。

*地の文—物語や小説などで会話や和歌の部分以外の文章。

*女もいと…—女も帝のお心を大変おいたわしいと存じ上げて。

02

夕顔

山がつの垣ほ荒るとも折々にあはれはかけよ撫子の露

【出典】帚木巻《夕顔、子供への愛を頭中将に期待する》

山がつの家の垣根は荒れていても、時々はなお情けをおかけ下さい。その垣根に咲いている撫子の花である幼いこの子に。

【年立】光源氏十七歳　帚木巻は、五月雨の夜の男たちの女性評「雨夜の品定め」に始まり、そこで語られた頭中将の夕顔との関係を前章として、後半は紀伊守邸での紀伊守の父伊予介の後妻空蝉との恋を描く。

源氏は十七歳になっている。正妻として迎えた葵上との仲も思うにまかせぬ彼は、未知の危険な恋に興味をそそられ始めていた。そんなある雨の夜、宮中の宿直所で頭中将たちから、中流の受領クラスの女性の中に個性的で魅力的な女性が多いことを聞く。その中の一人が頭中将が通っていた夕顔という女性であった。彼女はのんびりとしたおとなしい内気な女で、頭中

【語釈】○山がつ―山賤。木樵りなどを指すが、ここは自分を卑下して言ったもの。○撫子―源氏物語は一般に、幼い児に撫子を、成人した恋人や妻の比喩に常夏を当てて使い分けている。

将に対しうるさく文句を言うこともないという。頭中将は、自分の妻が夕顔に嫌がらせをしているとも気づかないまま、彼女への訪問も途絶えがちである。すでに夕顔には子（後の玉鬘）も生まれていた。そんな夕顔が思いあまって頭中将に贈った歌が、右の歌である。生まれた女の子に撫でるような情けの露をかけてほしいと訴えるのは、母としての精一杯の愛情である。この夕顔の歌に対して、頭中将は次の歌を返す。

　*咲きまじる色はいづれと分かねどもなほ常夏に如くものぞなき

加えて『古今集』の「*塵をだに据えじとぞ思ふ咲きしより妹とわが寝る常夏の花」を踏まえ、「*大和撫子をばさしおきて、まづ塵をだになど、親の心を取る」などと悠長な返事をするだけである。夕顔はさらに「*うち払ふ袖も露けき常夏に嵐吹きそふ秋も来にけり」と、正妻からの脅迫を嵐に譬えて、涙にくれる心境を語って贈ったが、頭中将はその訴えにも気が付かなかったと記し、話は、後半の源氏と空蟬との関係へと進んでいく。

　物語は次の「夕顔」巻で、源氏が頭中将に見捨てられたこの「内気な女」夕顔と偶然に知り合うという話を語り始める。この「帚木」での話は、いわばその伏線として用意されていたのである。

*咲きまじる……――前栽に咲きまじる花はどれも美しいが、やはり常夏のあなたが一番だね、と撫子（娘）よりも母親に擦り寄っていて、夕顔の気持ともう離れている。

*塵をだに……――古今集・夏・躬恒の歌。この常夏には咲いてから塵一つつけないように大切に思っています。妻と床を一緒にするという名前の花ですから。

*大和撫子を……――幼い撫子の方はさし置いて、「塵をだに」ではないが、親の機嫌を取るのが先だね、という頭中将の勝手な感想。

*うち払ふ……――独り身の私は床の塵を払い涙が袖に濡れていますのに、その上嵐まで吹き添う秋がやってきました。「常夏」に夏、「秋」に男の心が薄れた「飽き」が掛けられている。

03

空蝉の羽におく露の木がくれて忍び忍びに濡るる袖かな

空蝉

【出典】空蝉巻《空蝉、憂悶の思いを独詠》

蝉の羽のように薄衣の小袿を残して姿を隠したが、その蝉の羽と同じ葉に置く露が木陰に隠れるように、あの人から隠れ続けて涙に濡れるわが袖であることよ。

【年立】光源氏十七歳。空蝉巻は、帚木巻の最後、中川の紀伊守邸に赴いた源氏が、その父伊予介の後妻空蝉と逢う場面に直接続き、空蝉の寝所に忍びこんだ源氏が、誤って空蝉の代りに紀伊守の娘の軒端荻と契ってしまう話を描く。

空蝉巻は、空蝉への断ち切れぬ執心から源氏が、三度目に空蝉の許を訪れる話から始まる。源氏は、空蝉の弟小君の手引きで、彼女の寝室へ忍びこむが、気配に気づいた空蝉は小袿だけを残し、蝉の脱殻を置くように彼の手をすり抜けて消えてしまう。源氏は移り香がしみる小袿を手に「空蝉の身をかへてける木のもとになほ人がらの懐かしきかな」という歌を*畳紙に書きつ

【語釈】○空蝉―この世に生きているという意味の「現し身」が「空蝉」「虚蝉」と表記され、蝉の脱殻のことを指すようになった。○羽―「は」に「羽」と「葉」の掛詞を認め、三句までを

ける。この歌を小君が持ち去って姉に見せるが、その紙に「忍びがたければ」と端書きして書いたのが右の歌である。源氏から逃げたものの、一方で源氏の魅力に対するあやにくな未練の存在をもおのずから語っていて、その心は哀切である。

源氏への返歌ともつかぬこの歌が記されてすぐ、空蟬巻は閉じられて終わる。この突然の終わり方については識者の評価が分かれているが、人妻である空蟬の茫漠とした未来を暗示するようで効果的である。

ところでこの空蟬が書いた歌は、『西本願寺本伊勢集』などに収載されている平安時代初期の歌人伊勢*の和歌とまったく同一であり、伊勢の歌を引歌*としてそのまま用いたのだと考えられる。もっともこの伊勢の歌自体、『伊勢集』の古歌集混入部分*の中にあって、伊勢本人の作かどうかは断定できていないが、『源氏物語』にはこの他、伊勢の歌からの引歌が多数あって、作者の伊勢に対する強い憧れを示している。詞書のないこの『伊勢集』所載の歌自体が含んでいる情感は、まさに『源氏物語』のこのシーンの中に過不足なく溶けこんでいると言ってよく、伊勢の思いが、紫式部の手を借りて、空蟬という一人の人妻の深い心として甦ったと言えるのであろう。

序詞とし、空蟬が袿を残したことを詠みこんだとする説に従った。

*畳紙―折りたたんで懐中に入れておく紙。鼻紙に使うが、歌などを書くのにも用いた。

*伊勢―古今集に二十二首の歌を残す女性歌人。百人一首「難波潟短き蘆の節の間も」の歌で知られる。

*引歌―物語の地の文や会話、和歌などに古歌の一部分を引用して語らせる技法。その歌自体も引歌という。

*古歌集混入部分―伊勢集の中で伊勢詠とは断定できない、他の歌集の混入部分。

04

見し人の煙を雲とながむれば夕べの空もむつましきかな

光源氏

【出典】夕顔巻《夕顔の死後、乳母子の右近から夕顔の素性を聞く》

> はかない契りを結んだあの人の葬送の煙を、あの雲だろうかとながめていると、この夕べの空も慕わしく思われてならない。

【年立】光源氏十七歳。夕顔巻は、頭中将のかつての恋人夕顔と源氏との交渉を描く。夏、大弐乳母を見舞った折、夕顔の咲く隣家の女（夕顔）に興味を抱き、契りをかわす。八月十五夜、夕顔を某廃院に伴うが、彼女は物の怪によって死去。その後夕顔の乳母子の右近から夕顔の素性を明かされる。なお空蝉が伊予に下ったことも点綴されている。

【語釈】○見し人―死んだ夕顔を指す。○煙―ここでは火葬の煙。

＊六条御息所の許を訪ねる途中、乳母邸のある五条あたりの夕顔の咲く垣根の家で見た謎の女性、それが夕顔であった。源氏は、これまでの女性とまったく違うタイプの彼女に溺れていく。商家の多い五条辺での逢瀬も新鮮であった。しかし、二人の幸せは長くは続かなかった。ある晩、連れ出して泊まったとある廃院の中で、女はあっけなく死んでしまった。源氏の衝撃は

＊六条御息所―源氏より七歳年長。前皇太子の妻。秋好中宮を生むが、皇太子の死後、源氏の恋人となる。

深く、病に倒れるが、その後、夕顔の*乳母子(めのとご)である右近(うこん)から聞いた彼女の素性(すじょう)は、まさに頭中将が語ったあの「内気な女」その人に他ならなかった。この歌は、口惜(くちお)しさにくれた源氏が彼女のことを想(おも)って詠んだ歌である。返事を期待しても、すでに彼女はこの世にいない。源氏の歌は、必然的に*独詠歌(どくえいか)とならざるをえなかった。そうした悲しみに満ちた歌である。

この源氏の歌は、作者の紫式部自身が亡き夫の*藤原宣孝(のぶたか)を偲(しの)んで詠んだ*『紫式部集』にある次の歌と類似している。

　世のはかなき事を嘆く頃、陸奥(みちのく)に名(な)ある所々描いたるを見て、塩竈(しおがま)、

　見し人の煙(けぶり)となりし夕べより名ぞ*むつましき塩竈の浦

改めて見るまでもなく、源氏の歌は、この亡き夫を想(おも)う式部の心情と「見し人」「煙」「夕べ」「むつまし」という点で一致している。睦(むつ)まじく想うものが、夕べの空であろうと塩竈であろうと、そうした思い出のよすがとなるものに託(かこ)つけて、愛する人を喪(うしな)った辛(つら)い悲しみの体験を、源氏の心に転位させて物語化したのだと思われる。そして、この時の源氏の口惜しさが、やがて右近を通して夕顔の遺児(いじ)である玉鬘(たまかずら)を発見し、後に六条院の新しいヒロインの誕生を促(うなが)したとも言えるであろう。

*乳母子—乳母の子。

*独詠歌—「解説」参照。

*藤原宣孝—紫式部が二十五歳ごろ結婚した相手。受領階級。式部より二十歳も年長。結婚後三年、流行病で死去。紫式部との間に、大弐三位(だいにのさんみ)をなした。

*紫式部集—紫式部の私家集。紫式部の歌や贈答歌などを集めた歌集。自撰とされるが他撰説もある。

*名ぞむつましき—その名もなつかしく思われる塩竈の浦よ。

05

世がたりに人や伝へむ類なく憂き身を醒めぬ夢になしても

藤壺中宮

【出典】若紫巻《夏、藤壺中宮と密会、逢瀬》

後世までも人々の語りぐさにならないでしょうか。本当につらいこの身を、永久に醒めることのない夢の中のことにしてしまいましても。

【年立】光源氏十八歳。若紫巻は、源氏が北山で、藤壺の血につながる幼い若紫を垣間見るシーンと、密かに思慕する藤壺中宮との一夜の密通を中心に描く。後半にその一回の過ちによる藤壺の懐妊と若紫を父親の兵部卿宮に隠して二条院へ引き取る話が描かれる。

瘧病に罹った源氏は、加持を受けるため、北山に赴く。そこで見出したのが雀を追い掛けて遊ぶ幼い若紫――やがて彼の生涯の伴侶になる紫上だった。帰京後彼は、亡き母によく似ていると聞いて思慕を寄せてきた桐壺帝の妃藤壺中宮との一夜の逢瀬を果たした。掲出の歌は、その翌朝、*後朝の時の二人の贈答、源氏の*「見てもまた逢ふ世まれなる夢の中にやがてまぎるる

【語釈】○世がたり―世間の語りぐさ。評判。うわさにのぼること。

*後朝―男女が一晩過ごした翌朝のこと、お互いに着物を着て別れる「衣々」から

わが身ともがな」という歌に答えた中宮の返歌である。

物語はこの時の源氏の心を「*あやにくなる短夜（みぢかよ）にて、あさましうなかなかなり」と記し、この歌を詠んで涙にむせぶ源氏の様子を見て、藤壺が「*さすがにいみじければ」と思って詠んだと記している。

藤壺の歌は「夢」「身」の語を源氏の歌から取っているが、後朝の贈答にしては、源氏の心とは越えがたく離れてしまっているようだ。初句（しょく）にいう「世がたり」は、世間の視線を気にしなければならない后（きさき）という彼女の身分をよく示している。世の常の女なら、身に代えてこの恋に生きるか、男の心がこの先も続くかどうか心配するところだろうが、彼女はこの現実を「たとえ夢にしても消えてしまいたい」と、犯した罪の恐ろしさに絶望しているのである。源氏が夢にしたいと現実的な心配をしているのに比べると、この懸隔（けんかく）は甚（はなは）だしい。しかも、藤壺の歌には、この密通が今後二人の上に大きくのしかかることをすでに予感している気配がある。

その予感どおり、藤壺は源氏の子を懐妊（かいにん）する。しかし物語はこの後、北山の少女（若紫）を二条院に引き取ることを非情にも伝えており、長編物語の構想が、この若紫巻にしっかりと蒔（ま）かれていることを知るのである。

できた語。男から女へ歌を贈るのが普通であった。

＊見てもまた―こうしてお逢いできてもまたお逢いすることはむずかしいと思うと、いっそこのまま今夜の夢の中に消えてしまいたい、という歌。

＊あやにくなる―あいにく夏の夜は短くて、かえって嘆かわしさがつのる、という意。

＊さすがにいみじければ―さすがに大変いじらしいので。

06

ふりにける頭の雪を見る人もおとらず濡らす朝の袖かな

光源氏

【出典】末摘花巻《末摘花の家の門番の老人に同情する》

この雪の朝、雪と同じような白髪のこの老人を見ると、私もこの老人に劣らず涙が流れ、袖を濡らすことだ。

【語釈】○頭の雪—頭にかかった雪と白髪を結び付ける古くからの用法。

【年立】光源氏十八歳から十九歳。末摘花巻は、故常陸宮の遺児の末摘花を頭中将と争った源氏が、夏に末摘花に逢うこと、冬の雪の朝その大きな鼻に驚くこと、末摘花邸の貧しい門番への同情、年末、末摘花から源氏に正月の装束が贈られ、返礼に衣装を届けることなどが描かれる。

亡き常陸宮の姫君と聞いて末摘花に通う源氏は、冬の朝、末摘花の醜い容貌に初めて気づく。朝になって中門から出ようとすると、昨夜は気づかなかったが、屋敷は大変な荒れようであった。おまけに鍵が掛かっていて中門は開かない。門番の老人を呼んで開けさせようとしたが、彼も開けることが出来ず、代わりにその娘と思われる少女が開けてくれた。右の歌はその時に口をついて出た歌で、よぼよぼの老人に思わず同情したものである。

ところで、この歌の直前に、随身（ずいじん）が橘（たちばな）の木に積もった雪を払うというなんでもない場面がある。このシーンは、後世に多く描かれた源氏絵*の類では、この末摘花巻を代表する場面として何度も絵画化され、人々の興味を引き寄せてきた。源氏絵では、もともと女との逢瀬の場面を直接描くことは少ないが、特に末摘花との対面シーンは描きにくかったのだろう。その代わりに雪を払うこのシーンが好んで取り上げられている。

末摘花の容貌をあばきだす源氏の視線は、これがあの源氏かと思われるくらい厳しく執拗（しつよう）で、この巻の特異さとなっていることを読者はよく知っている。この歌を詠んだあとも、「鼻の色に出でていと寒しと見えつる（姫君の）御面影ふと思ひ出でられて、*ほほ笑（ゑ）まれ」とまで書いている。寒さで赤くなった姫君の鼻を強調しているのである。しかしそれを償（つぐな）うかのように、一方に「*幼（わか）キ者ハ形蔽（かく）レズ」という弱者を思う詩句も口ずさんでいて、老人や少女ら貧しい者への源氏のやさしい思いやりが描かれていることに気づくと、読者は救われたような思いに誘われる。この場面の絵画化は、そうした受け手の側のほっとする思いをよく伝えているのであろう。

＊源氏絵―源氏物語をテーマにして絵画化したもの全般を指す。有名な『国宝源氏物語絵巻』もその中の一つ。

＊ほほ笑まれ―ここでは苦笑。平安時代では、苦笑や嘲笑の意で使われることが多い。

＊幼キ者ハ形蔽レズ―白氏文集（はくしぶんしゅう）・巻二・重賦（じゅうふ）の「若キ者ハ形蔽（かく）レズ」の詩句による。若い人は容貌がそのまま現れるという意で、本来は厳しい税の取り立てに苦しむ農民の様子を描いた詩。

07

唐人の袖ふることは遠けれど立ち居につけてあはれとは見き

藤壺中宮

【出典】紅葉賀巻《青海波を舞った後、源氏は密かに藤壺と贈答する》

唐の人が振っていた袖という故事のことはよく知りませんが、あなたの舞う動きの一つ一つを素晴らしいものと拝見しました。

【年立】光源氏十八歳から十九歳。紅葉賀巻は、十月の清涼殿の試楽での源氏の舞と藤壺との贈答、朱雀院の紅葉賀への行幸、翌年二月の藤壺の皇子出産（後の冷泉帝）、七月の藤壺立后のことが描かれる。

身重の藤壺を慰めるために、桐壺帝は清涼殿の前庭で*試楽の舞を行わせる。源氏は青海波を見事に舞ったが、翌朝、藤壺の許へ「*物思ふに立ち舞ふべくもあらぬ身の袖うち振りし心知りきや」という歌を密かに贈り、藤壺への思いのたけを訴える。右の歌は、この源氏の贈歌に返したもの。あなたが舞われる姿の一つ一つをしみじみと見たと答えたのである。身ごもっている

【語釈】○唐人―唐楽の青海波を舞う楽人から導かれた語であるが、中国の次の故事を踏まえる。○袖ふること―袖を振ることと故事の「古言」を掛ける。その故事とは、中国の『飛燕外伝』

子が源氏の子であることを二人とも噛(か)みしめながらの舞であった。
　宮はこの歌に続けて「大方(おほかた)には」という一語をさりげなく添(そ)えている。この「大方には」という言葉をめぐっては、一通りは理解しましたという抑制(よくせい)した心情を示したもの、「大方にはあらず」の意で並々のものではなかった感慨(かんがい)の深さを伝えたもの、という二つの解釈が対立している。実は藤壺は次の花宴(はなのえん)巻で、源氏の舞に対し、「*大方に花の姿を見ましかば露も心のおかれましやは」という歌を独りで口ずさんでおり、これを「大方には見られなかった」と取って、後者の解釈が優勢になっているのだが、むずかしい判断である。
　しかしこのような時、返歌で答えた上に、さらにその気持ちはもっと深いのですとわざわざ断るものであろうか。花宴巻の地(ぢ)の文には「御心の中(うち)なりけむこと、いかで漏(も)りにけむ」と、この独詠歌がどうして外へ漏れたかという疑問が付され、「もっと大方に見たかった」という反実仮想(はんじつかそう)表現だと取れるから、紅葉賀におけるこの「大方には」も、私の心はとても歌になど表せるものではありませんが、「一通りでよければこうなりますでしょうか」という謙譲(けんじょう)の心を表したものと取るべきであろう。

に、成帝の家臣が宴会の途中で袖を上げたことを指す。あるいは日本の『万葉集』に見える額田王(ぬかたのおおきみ)と大海人皇子(おおあまのおうじ)の蒲生野(がもうの)における袖振りの故事を指しているか。

*試楽——公事(くじ)、祭礼などでの舞楽(ぶがく)の予行演習。

*物思ふに…——源氏の歌。物思いのために私はとても舞など舞える状態ではありませんでしたが、あなたはそういう私が袖をふってあなたに籠めた思いをどうご覧になったでしょうか。

*大方に花の姿を…——藤壺の独詠歌。もっと人並みの心で源氏の舞姿を見るのだったら、気兼ねなく見られたであろうに。

08

憂き身世にやがて消えなば尋ねても草の原をば問はじとや思ふ

朧月夜

【出典】花宴巻《南殿の花宴の後、朧月夜と契り、贈答を交わす》

この辛く悲しい身の上の私が、名乗らずこのままこの世から消えてしまっても、草に蔽われている墓場をかき分けてでも私を捜して下さることはしないというお気持ちなのでしょうか。

【年立】光源氏二十歳。この花宴巻は、二月の南殿における花の宴、その後の源氏と右大臣の娘の朧月夜との出会い、三月に右大臣邸の藤の宴で朧月夜と再会する話が描かれる。

【語釈】○草の原―草に深くおおわれた墓場。

この年の二月、南殿で桜の花の宴が開かれた。気分が昂揚して藤壺に逢いたくなった源氏は、開いていた近くの扉に誘われて*弘徽殿の細殿に入っていくと、後世「朧月夜尚侍」と名づけられる右大臣の六の君に出逢う。源氏は彼女を「やをら抱きおろして」戸を押し立ててしまう。翌朝別れる段になっても、源氏はこの女性の正体が分からなかった。そこで「なほ名乗りした

*弘徽殿―現皇太子の母、弘徽殿大后が住む殿舎。大后は源氏の母桐壺更衣をいじめた右大臣家の出で、源氏

まへ」と執拗に迫り、「名が分からないと、今後どうお便りしていいか分からない。このままで終わるとはあなただってお考えにはなるまい」と重ねて押しつけるように問う。この言葉に促されて、朧月夜から先に贈った歌が、この歌である。

どうして便りをするのかなどとおっしゃるところからすると、私が名を言わぬまま死んでしまっても、わざわざ捜し出してお墓にまでいこうという積極的な気持はないのですね、と切り返したのである。この切り返しは贈歌でありながら、贈答歌における女性の返歌の作法に見事に従っている。

物語は、朧月夜が源氏に対してこの歌を詠みかけた様子を「艶になまめきたり」と評している。色っぽさだけでなく、朧月夜の機転の鋭さをも含めて言ったのであろう。源氏はこれに対し、「いづれぞと露の宿りを分かむ間に小篠が原に風もこそ吹け」と答え、あなたを捜している間に風が吹いて噂に立つと困りますからと苦しまぎれに応じている。

そのうちに女房が起き出して来て、結局二人はこの朝、扇だけを交換して別れるが、この巻の終り近く、その扇によって、相手が政敵である右大臣の六の君であることを源氏は知るのである。

とはライバルの一族であった。この時の朧月夜との関係がスキャンダルとして取り沙汰され、それが源氏の須磨退去の引き金の一つともなったと言える。

09

袖ぬるる泥とかつは知りながら下り立つ田子のみづからぞ憂き

六条御息所

【出典】葵巻《物の怪に苦しむ葵上をよそに、源氏は六条御息所邸を訪問する》

袖を濡らす泥田とは知りながらその泥水の中に下り立って苦しい思いをする農夫のように、涙で濡れる恋路とは一方で知りながら、恋の闇路に踏みこんでしまった自分が我ながら辛くてなりません。

【年立】光源氏二十二歳から二十三歳。葵巻は、桐壺帝の譲位と朱雀帝の即位、葵祭の日の葵上と六条御息所の車争い、源氏の御息所邸訪問、葵上の夕霧出産とその死去、源氏と紫上の新枕と、きわめて多くの出来事が語られ、新たな展開が予見される。

【語釈】○泥―こひぢ。「恋路」に掛けられる。○田子―田を耕す人。農夫。

六条御息所との車争いののち、源氏の正妻葵上は物の怪に悩まされるようになった。そんな中で、源氏はあえて御息所邸を訪問する。御息所は源氏の訪れの少なさを恨みつつ、分かっていながらもどうしようもない源氏への恋心をこの歌に籠めて詠み、「山の井の水もことわりに」と付け加える。*「くやしくぞ汲みそめてける浅ければ袖のみ濡るる山の井の水」という古歌

*くやしくぞ汲みそめてける―古今六帖・二に見える歌。

を引いて、山の井は浅くて水に濡れるばかり、そのように底の浅い相手とは知らず、うっかり恋い初めてしまったと、自己の軽率さを嘆いたのである。

　これに対し源氏は、「袖のみ濡るるやいかに。深からぬ御事になむ」と言い、「浅みにや人は下り立つわが方は身もそぼつまで深き泥を」と返している。袖だけ濡れるとは、どうでしょうか、それはあなたのお心が深くないからですよと牽制し、「あなたは浅い場所にだけ下りていらっしゃる。私の方は全身がびしょびしょになるほどたっぷりと恋の泥沼に落ちこんでいますのに」と切り返したのである。しかし、この切り返しは、言葉だけの遊びにすぎなかった。御息所の心はこの源氏の言葉によっても一向に癒されることなく、「物思ひにあくがるなる魂はさもやあらむ」と内心に巣くった魂の苦悩を吐露し続けるだけである。

　御息所の体から遊離したこの「魂」は、やがて生霊となって夕霧を出産した葵上に取り憑き、彼女を殺してしまう悲劇へと発展する。そして葵巻の終り、源氏は生涯の伴侶紫上と新枕をかわし、御息所の苦悩をよそに新しい道を進み始めることになる。右の一連のやり取りは、そうした御息所と源氏の永遠*の乖離を告げていて悲しい。

＊永遠の乖離―後年源氏は、六条御息所が暮らしていたこの故地に御息所の霊を鎮魂することもあって、広壮な六条院という理想的な楽園を建てたとも見られるが、多くの源氏の妻たちに取り巻かれ、果たして御息所の霊が静められたかどうか疑問である。

10

六条御息所

神垣はしるしの杉もなきものをいかに紛へて折れる榊ぞ

【出典】賢木巻《娘のいる野宮で六条御息所、源氏と贈答》

ここ野宮の神垣には、三輪の杉のような目当てのしるしの杉とてありませんのに、どうしてお間違えになって、榊など折ってこられたのでしょう。

【年立】光源氏二十三歳から二十五歳。賢木巻は、九月の六条御息所の伊勢下向の話をかわきりに、十一月の桐壺院の崩御、翌年十二月の藤壺の出家と続き、右大臣一党が権勢を掌握し、巻末では朧月夜との密会を右大臣に発見されるという源氏の決定的な失態が描かれる。

御息所は源氏との仲を断つため、*斎宮の宣下を受けた娘と一緒に伊勢へ下向する決意を固め、源氏に告げる。葵上の死以来、二人の関係はすっかり冷えこんでいたが、最後の未練ゆえに源氏は、潔斎を目的に野宮に滞在している御息所を訪問する。多くの引歌を踏まえたこの時の二人のやりとりは、まるで言葉遊びを玩ぶような雰囲気がある。

【語釈】○神垣―神域と他を区切る垣根。斎垣ともいう。○しるしの杉―「わが庵は三輪の山もと恋しくは訪ひ来ませ杉立てる門」（古今集・雑下・読人しらず）による。

源氏はまず榊の枝を御簾の中へ差し入れ、この榊のようにあなたへの「変はらぬ色」に導かれて神の「斎垣も越え」てしまった、それなのにこんなにつれなくなさるとはと、なお未練を示そうとする。「*変はらぬ色」は『後撰集』の歌、「*斎垣も越え」は『伊勢物語』の歌がそれぞれ踏まえられているが、詳しくは脚注に譲る。これに答えて御息所が詠んだのが右の掲出歌で、『古今集』の「杉立てる門」の歌を踏まえながら、何を間違って榊など折ったのでしょうとたしなめるのである。すると源氏は「少女子が辺りと思へば榊葉の香を懐かしみとめてこそ折れ」と畳みかける。少女子がいらっしゃる辺りだと思って、榊葉がなつかしく、わざわざ捜して折ってきたのですのに、と一種の軽口で答える。この歌の引歌は『*拾遺集』の歌二首。やはり脚注に挙げる。

こうして二人は、別れの悲しみにそれぞれ涙しながら朝を迎えるが、この別れの場面は、かつて情を通じ合った同士の最後の心の交流の場に他ならなかった。さすがに御息所の決意は固かったのである。御息所はやがて都を後にし、桐壺帝の崩御後、源氏の無謀な行動に危険を感じた藤壺はついに出家の道を選んでいく。

*斎宮—皇室の祖先神を祀る伊勢神宮に奉仕する未婚の内親王。

*変はらぬ色—「ちはやぶる神垣山の榊葉は時雨に色も変はらざりけり」（後撰集・冬・読人しらず）。

*斎垣も越え—「ちはやぶる神の斎垣も越えぬべし大宮人の見まくほしさに」（伊勢物語・七一段）。

*拾遺集の歌二首—「少女子が袖ふる山の瑞垣の久しき世より思ひそめてき」（拾遺集・雑恋・柿本人麿）の歌と、「榊葉の香をかぐはしみ求め来れば八十氏人ぞ団居せりける」（同・神楽歌）の二首。

11

光源氏
橘の香をなつかしみほととぎす花散る里をたづねてぞ訪ふ

【出典】花散里巻《源氏、麗景殿女御と歌を詠みかわす》

橘の花の香りが懐かしいので、ほととぎすとして私は、橘の花が散るこの屋敷を探し求めてやって来たのです。

【年立】光源氏二十五歳。花散里巻は、源氏の麗景殿女御邸訪問と彼女との贈答を中心とした短い巻である。

この花散里巻は、前の賢木巻の終盤とほぼ重なる時間の中で描かれるごく短い巻。桐壺院の崩御と藤壺の出家事件から、源氏の須磨退去へと続く間の、不思議な静けさに満ちた緩衝の巻ともいわれている。

父帝を偲ぶ源氏は、かつて父桐壺帝の女御であった麗景殿女御の許を訪れる。女御がまだ宮中にいた頃に、源氏の恋人であった妹の花散里もその邸

【語釈】○橘の香をなつかしみほととぎす花散る里―ここは万葉集の大伴旅人の「橘の花散る里のほととぎす片恋しつつ鳴く日しぞ多き」(一四七三)が引歌となっている。○花散る里―橘の花の

にいた。この歌は、源氏から麗景殿女御に贈られたものである。したがってここでの「花散る里」は、恋人花散里のことを直接に指して言ったものではなく、橘の花の散る家という一般的な意味で使ったもの。私は亡き父親の面影を求め、橘の花の香を訪ねてやってきたホトトギスです、と挨拶したのである。橘の香は、古来、昔*の人を思い出す花としてホトトギスとともによく詠まれてきた。これに対し、女御は、

　人目なく荒れたる宿は橘の花こそ軒のつま*となりけれ

という歌を返している。訪れる人もいないこの荒れ果てた宿には、橘の花だけが人を誘い入れるよすがなのでしょう、と応えたのである。源氏の贈歌は、直接花散里を対象にしたものではないとしても、逆にいえば、麗景殿女御を指しているとも妹の花散里を指しているとも、また昔、宮中で過ごした懐かしい時間を指しているとも読める含みの多い言葉である。この麗景殿女御の返歌も、女性の返歌の常である強い切り返しの歌とはなっておらず、桐壺院や自分のこと、また妹の気持にも添ったやさしい歌であった。

その花散里本人のことは次の須磨巻で描かれることになるが、橘とホトトギスを中心とするこのシーンは、まだやさしさに包まれている。

散る里という意で、恋人の花散里を直接指したものではない。

*昔の人を思い出す花―次の古今集の名歌による。「五月待つ花橘の香をかげば昔の人の袖の香ぞする」（古今集・夏・読人しらず）。

*つま―ここは、よすがとなるもの。「つま」とは本来添え物のこと。

12

光源氏

初雁(はつかり)は恋しき人の連(つら)なれや旅の空とぶ声の悲しき

【出典】須磨巻(すまのまき)《八月十五夜、都への思いを供人たちと唱和する》

この須磨の地で今年はじめて見るあの雁(かり)は、都にいる恋しい人の仲間ででもあるのだろうか。旅の空を飛ぶ雁の声が悲しく聞こえることだ。

【年立】光源氏二十六歳から二十七歳。須磨巻は、春の源氏の須磨退去から、八月十五夜の供人たちとの歌の唱和を経て、翌年三月、暴風雨の中で海神の夢告を聞くまでを描く。

この春、右大臣方の攻勢によって源氏が須磨への退去を余儀なくされて以来、はや秋を迎えた。都の人々は皆、弘徽殿大后(こきでんのたいこう)の思惑(おもわく)を気にして、源氏への消息さえ憚(はばか)って何も言って来ない。

八月十五日の中秋(ちゅうしゅう)の名月の夜も、源氏は側近(そっきん)の供(とも)の者と須磨の海を見ながら淋しく過ごした。雁が列をなして飛んでいくのが見える。その声は楫(かじ)の

【語釈】○初雁―秋、初めて北方から渡ってくる雁。○連(つら)―連なること、列、仲間などを指し、雁の縁語となっている。

音にもまがえるようだ。心ある供の者たちも皆、この後どうなるのか不安をかかえたまま、それを口に出して言うことがない。

しかし、源氏がこの歌を、自らを旅の雁になぞらえて「悲しき」と詠んだとき、従者たちもつい源氏の思いに誘われるように、次のような歌を口に出していった。

*かき連ね昔のことぞ思ほゆる雁はその世の友ならねども　良清

*心から常世を捨てて鳴く雁を雲のよそにも思ひけるかな　惟光

*常世出でて旅の空なる雁がねも列に遅れぬほどぞ慰む　右近将監

源氏に付き従う人々が、源氏の歌を承けて、「雁」「つら」「旅の空」などの語をそれぞれに織りこみながらそれぞれの思いを口にし、互いに心を一つにしていることが分かる。惟光と将監がいう「常世」が、都のことを指しているのは言うまでもない。

『源氏物語』に描かれるいくつかの唱和歌の中でも、これは互いの心を通わせて詠むものとしての典型とも言えるだろう。侘びしい須磨の海岸で心通わせながらすごしていた源氏主従も、翌年三月には、一向に止まない暴風雨の中を、須磨から明石へと再び退去せざるをえなくなるのである。

*かき連ね……―雁の声を聞くと、次々と昔の都のことが浮かんできます。雁がその当時から友だったわけでもないのに。

*心から……―自分から常世を捨てて鳴いて去っていく雁を、今までは他人事のように思っておりましたが、あの雁どもも都を離れてきたのですね。

*常世出でて……―常世を離れて旅の空に出たあの雁どもも、仲間の列に加わっている間は、それでも慰められているのでしょう。

13

思ふらむ心のほどややよいかにまだ見ぬ人の聞きか悩まむ

明石君

【出典】明石巻《明石君の、最初の源氏への返歌》

私のことを思ってくださるというあなたのお心は、さあ、どの程度のものなのでしょうか。私にまだ逢ってもいない方が、噂だけで悩んだりするでしょうか。

【年立】光源氏二十七歳から二十八歳。明石巻は、三月に暴風雨の中を明石の入道邸に移る話から、初めて明石君への源氏の贈歌、その後の求愛の歌と続き、八月の最初の契り、翌年夏の明石君の懐妊を経て、源氏が朱雀院の命で突然都へ召還されるまでを描く。

【語釈】○ややよいかに―「やよ」は呼びかける語。「やあ」に同じ。○見ぬ人―まだ逢っていない人。「見る」には、見られることによって女が結婚に進むことを暗示する意がある。

明石の入道邸に移った源氏は、入道の娘の明石君にさっそく文を贈る。しかし最初の返歌は、明石の入道が娘に代って書いた代作だった。代作を贈られたことのない源氏はプライドを傷つけられ、再度「いぶせくも心に物を悩むかなやよやいかにと問ふ人もなみ」という歌を届ける。どうしたのかと聞いてくれる人もいないので、鬱々と独りで悩んでいますという意味であるが、紙の端にさらに「言ひ難(がた)み」と書き添えた。これは「恋しともまだ見ぬ*人の言ひ難み心に物の嘆かしきかな」という古歌の引用で、まだ逢っていない人にはなかなか思うようには表現できないと、しおらしく訴えたのである。

右に挙げた明石君の歌は、この源氏の挑発(ちょうはつ)に対して、彼女自身が自分の筆跡で答えた歌。薄く香(こう)が匂う紫の薄様(うすよう)に、心の奥の逡巡(しゅんじゅん)を表すように濃く薄く紛(まぎ)らすような筆跡で書いてあったという。源氏が引いた引歌の「まだ見ぬ人」を源氏に見立て、あなたの本心など分かりはしないと、体(てい)よく切り返したのである。

しかし、男女が「逢う」という意味と同じ「見る」の語を使った以上、この明石君の返事には、今後の契(ちぎ)りを源氏に期待させる思わせぶりなニュアンスも含み、彼女の賢(かしこ)さをうかがわせる巧(たく)みな返歌でもあった。

源氏はこの文(ふみ)をみて「やむごとなき*人にいたう劣るまじう上衆(じやうず)めきたり」と、明石君の教養が都の立派な女性にも劣らないと感動し、前にも増して彼女に歌を贈り続けていく。そして八月には結婚、翌年懐妊と進むが、皮肉なことに物語は、この身重(みおも)の明石君を現地に残して、都への帰還(きかん)を果たす源氏を描くのである。

*恋しともまだ見ぬ――『花鳥余情』という源氏の注釈書に一条天皇の歌として載るが、出典は未詳。

*やむごとなき……――都の立派な方にそれほど劣らないほど貴人らしく見える。受領の娘は身分的には劣ると見られていた。

14

花散里

水鶏だに驚かさずはいかにして荒れたる宿に月を入れまし

【出典】澪標巻《五月、源氏、花散里の許を訪れる》

水鶏でも戸を叩いて気づかせてくれなかったら、どのようにして荒れはてたこの家に月を入れられたでしょうか、あなたをお迎えできたのは喜びです。

【年立】光源氏二十八歳から二十九歳。澪標巻は、二月の朱雀院の譲位と冷泉帝の即位、源氏の内大臣昇進のことがあり、三月に明石姫君が誕生。紫上へ姫君の件の告白、五月の花散里邸への訪問、源氏の住吉社参詣、秋に伊勢より帰京した六条御息所がまもなく死去する話など、矢継ぎ早に多くのことが語られる。

【語釈】○水鶏―夏の鳥であるヒクイナ。鳴き声が戸を叩くように聞こえることから、男の訪問を暗示するようになった。

帰京した源氏は、亡き父桐壺帝の追善供養を主催する。二月には*朱雀院が退位し、いよいよ*冷泉帝の世が始まる。加えて翌月には、明石君に後の明石姫君が誕生し、源氏はここで実の子である天皇と、後の*后がねの姫を持つことになった。彼の手に権力が渡ったのである。

そんな折、三年ぶりにふと訪ねたのがあの花散里邸であった。帰京後も訪

*朱雀院―弘徽殿大后が生ん

れることがなかったその屋敷はいよいよ荒れ勝っていた。花散里は久しぶりの源氏の艶なる姿に気後れを感じるが、それでも水鶏の声に託して多少の恨み言をこめてこの歌を詠む。源氏もこの歌を好ましく思って、「おしなべて叩く水鶏に驚かば上の空なる月もこそ入れ」という返歌を返す。水鶏はどの家の戸口でも鳴くものであり、いちいち戸を開けていたら「上の空の月」すなわちいい加減な男が入ってきてしまいますよ、という軽口で応えたのである。他の男を入れるようなことを決してしない花散里の性格をよく知っていたからであろう。権力を握った源氏の鷹揚さも感じられる。

この、のどやかな心で男を受け入れる花散里の態度をどう取るか。『源氏物語』中に彼女は全部で五首の歌を源氏との間に残しているが、すべて花散里の方から贈ったものである。歌のやり取りがある種エネルギーを要することとすれば、源氏の訪れに対し、わが家を「荒れたる宿」と卑下しつつも先に詠み掛けるのは、やはり彼女のやさしさではないだろうか。

このやさしさは、花散里が源氏の信頼を勝ち取ることができた原点とも言えようか。源氏絵*には、しばしばこの二人の応答の場面が描かれるが、心休まる場面として享受されたためでもあろう。

だ天皇。源氏の政敵であった右大臣系に属する。

*冷泉帝―源氏と藤壺の間に生まれた不義の皇子。桐壺帝の子源氏の弟として育てられた。

*后がね―将来、后となる予定の人。后の候補生。

*源氏絵―06の脚注参照。源氏絵には、この花散里と源氏が邸内で向かい合い、庭に水鶏と見られる鳥が描かれていることが多い。

15 光源氏

藤波（ふぢなみ）のうち過ぎがたく見えつるは松こそ宿（やど）のしるしなりけれ

【出典】蓬生巻（よもぎうのまき）《源氏と末摘花の久しぶりの再会》

藤の花が咲いているこの家を通り過ぎることができないように見えたのは、藤がからみついている松の木が私を待っているというしるしだったからでした。

【年立】光源氏二十八歳から二十九歳。蓬生巻は、末摘花のその後の貧窮生活と、須磨から帰京した源氏が、翌年の四月、二年ぶりに末摘花邸で再会した話と、彼女を二条院へ迎え取る話を描く。

【語釈】○藤波―藤の花房のこと。風に揺られて波が立っているように見えることから波と言う。

この蓬生（よもぎう）の巻は、須磨流謫（るたく）時期の末摘花の状況まで時を遡（さかのぼ）って書き始められている。家も荒れ果て困窮（こんきゅう）の中にあっても、この常陸宮（ひたちのみや）の姫君は父の遺してくれたものを頑（かたく）なに守り続けて日々を送っていた。源氏は、帰京してもまったくこの姫君のことを思い出さずにいたが、四月、花散里の屋敷に行く途中、松に藤の咲きかかった荒れた家を見つける。そこが末摘花の家だった。そこで源氏から末摘花に贈ったのが、右の歌である。
物語には、源氏が、これほど松が伸びるまで自分を待ち続けていた姫君に感動して詠んだと書かれている。藤を見て素通り出来なかったとあるが、それも藤がからみついた松という存在があったからだといい、「松」*に「待つ」を掛けて、自分を待っていた末摘花を称えたのである。この場面は、『国宝源氏物語絵巻』に描かれて特に有名になった。
待ちに待った源氏がようやく現れ、心のこもったこの歌をもらって、末摘花はどう答えたのだろうか。かつて思うような歌も満足に詠めないでいたことを知っている読者は、はらはらとして読み進めたのではなかろうか。

年をへて待つしるしなきわが宿を花のたよりに過ぎぬばかりか

これが姫君の返歌であった。「待つ」に「松」を掛けているものの、肝心の所では「花」を正面に出して、あなたは私ではなく、藤の花を見ようというついでに立ち寄られたのではありませんか、と見事に切り返している。
源氏もこの歌を見て「昔よりはねび*まさりたまへるにや」と、その予想外の成長に驚く。物語はこのあと、源氏が末摘花を二条院へ迎え取り、生涯この姫を見守ろうと決意したことを語っている。

*「松」に「待つ」を掛けて—源氏のこの歌は、「わが庵は三輪の山もと恋しくは訪ひ来ませ杉立てる門」(古今集・雑下・読人しらず)の「杉」を「松」に換えて詠んだものであろう。

*ねびまさり—「ねぶ」は、成長すること、成熟してませること。

16

逢坂（あふさか）の関（せき）やいかなる関なれば繁（しげ）きなげきの中を分（わ）くらむ　空蝉

【出典】関屋巻（せきやのまき）《常陸から帰京した空蝉一行と源氏が逢坂（おうさか）の関で出会う》

「逢う」という名を持つこの逢坂の関はどういう関だというので、生い繁る木々の中を分け入るような辛（つら）い歎（なげ）きがさらに増すのでしょうか。

【年立】光源氏二十九歳。関屋巻は、秋の源氏の石山詣でと、常陸から帰京した空蝉一行と逢坂の関で偶然出会う話を中心とする短い話であるが、二人の関係はもとに戻らず、空蝉の出家をもって終わる。

伊予介（いよのすけ）の妻空蝉（うつせみ）は、常陸介（ひたちのすけ）に転任した夫に従って東国（とうごく）に下っていたが、任果てて上京することになった。逢坂の関で、丁度石山詣（いしやまもう）でに行く途中の源氏の行列と常陸介の一行が出会う。帰京した源氏は早速に、空蝉の弟小君（こぎみ）に託して彼女へ会えない侘（わ）びしさを訴えた「*わくらばに行き逢ふ道を頼みしもなほかひなしや潮（しほ）ならぬ海」という歌を贈る。そしてそのあとに「関守のさも

【語釈】○逢坂の関―滋賀県大津市の逢坂山にあった関所。京都への入り口にあたる要所。人と「逢う」意を掛けることが多い。○なげき―「嘆き」の「き」に「木」を掛ける。

羨(うらや)ましく目ざましかりしかな」という言葉を添えているが、夫の常陸介を関(せき)守(もり)に譬(たと)え、相手の事情に寄り添ってその心内(しんない)へ踏み込もうという源氏のしたたかな巧みさがある。今は衛門佐(えもんのすけ)となった小君は姉に返歌を迫るが、その行為には権力者源氏へのへつらいがあろう。

　空蟬は矜持(きょうじ)を崩(くず)そうとしないが、それでもその心中(しんちゅう)を、作者は「今はましていと恥づかしう、万(よろづ)のこと初々(うひうひ)しき心地すれど」と説明している。そして「珍しきにや、え忍ばれざりけむ」として、空蟬に掲出した右の歌を詠ませ、源氏に届けさせる。遠い昔を思い出させる源氏からの消息(しょうそく)に抑制(よくせい)することができなかったというのである。

　しかしその内容は源氏にとって辛(つら)いものであった。逢う道と言われましても、私にとってそれはあくまで「逢坂の関」という道なのです。生い茂る木々の中に分け入るような新たな歎きを増すことになりましょうと切り返し、源氏の要求を柔らかく断ったのである。

　この贈答が交わされたのち、二人の関係はそれ以上発展することはなかった。源氏は後年、尼(あま)となった空蟬を六条院に迎えるが、そこでは仏道(ぶつどう)に専念する空蟬の姿を見るだけであった。

＊わくらばに行き逢ふ道を――あなたと行きあったのが近江路だと思って今後を頼もしく思いましたのに、会えないとはやはり琵琶湖に貝がないよう甲斐のないことが辛い、という歌。行き会った近江路に「逢ふ」を掛け、再度の逢瀬を待っとしたのである。また「甲斐なし」に「貝なし」を掛ける。

17

別るとて遥かにいひし一言もかへりてものは今ぞ悲しき

前斎宮（秋好中宮）

【出典】絵合巻《朱雀院の歌に前斎宮が返歌する》

遠い昔、お別れする際にいただいた「都に帰るな」という御一言も、こうして帰京した今は、かえってもの悲しく思われることでございます。

【年立】光源氏三十一歳。絵合巻は、冷泉帝への入内決定に際し、朱雀院から調度に添えられて贈られた歌に対する前斎宮の返歌、梅壺女御としての前斎宮の入内（後の秋好中宮）、三月、冷泉帝の御前で行われた絵合の催しで梅壺女御方が勝利する話が描かれる。

【語釈】○別るとて―斎宮として伊勢に下る別れ。○一言―賢木巻で、斎宮の伊勢下向に際し、朱雀院が小櫛を髪に挿す御櫛の儀で言った「京の方に赴きたまふな」の一言を指す。○かへりて

この巻は、筋としては澪標巻から直接につながっている。朱雀院は、六条御息所の娘の斎宮が、自分の御代の斎宮として伊勢に下る時から、彼女に心を動かされていた。みずからの譲位にともなって上京した斎宮を、朱雀院は自分の妃に所望するが、源氏と藤壺は、前斎宮を源氏の養女として冷泉帝へ入内させることを画策する。わが子の冷泉帝を支えようとする強い母の姿

が今の藤壺にはあった。
右の歌は、その前斎宮の入内に際し、挿櫛の箱の飾花に付けて斎宮に贈った朱雀院の「*別れ路に添へし小櫛をかごとにて遙けき仲と神や諫めし」という和歌に、前斎宮がようやく返した答歌である。
朱雀院の歌は、かつて斎宮が十四歳で伊勢に下向する際に「京に帰るな」と言った自分の一言を楯に、あなたと私の仲は縁なきものと神がお決めになったのかという怨みを含む、不吉ただならぬ歌。当然、前斎宮はどう返歌したらよいか逡巡する。源氏に相談することも恥ずかしいと思う。伊勢に下る際に幼な心にも見た朱雀院の美しい姿も去来する。あれから八年たち、いつも側にいた母六条御息所ももういない。それでもかろうじて、あの時のお言葉も今ではかえって悲しく感ぜられますと、院の愛着をはねのけようと精一杯詠んで返した。皮肉なことに朱雀院は、この斎宮の歌を見て、以後もなお「御心離れがた」く思ったとある。
入内後、前斎宮は梅壺女御（秋好中宮）となり、冷泉帝の愛を*頭中将側の弘徽殿女御と争うことになるが、この両者が対抗した絵合で、源氏が提出した須磨の絵日記によって梅壺方の勝利に終わったことが記されている。

—「帰りて」に「却って」の意味を掛ける。

*別れ路に添へし……—あなたが伊勢へ行かれる時、再び都に帰りなさるなと別れの小櫛をさしあげたが、あれを口実として、私たちの仲は永遠に遠く離れたままと神が私をお諫めになったのか。「かごと」は託ち言で、口実、言い訳を指す。めでたい入内を前に、神を持ち出したこの歌は場違いで恐ろしいほどである。

*頭中将—かつての源氏の競争相手。今は権中納言として源氏のライバルとなっている。

18

行く先をはるかに祈る別れ路に堪へぬは老の涙なりけり

明石入道

【出典】松風巻《明石君の上京を前に、父の入道、妻の老尼と贈答》

お前たちの今後の幸せが長く続くように遠くこの地から祈っている。しかしいざ別れるとなると、老いの涙が止めどもなく出てくることよ。

【語釈】○行く先―旅の行く先と娘の将来の意を掛けている。○堪へぬ―「堪へぬ」に「絶えぬ」を掛け、堪えられずに涙が絶えないと言う。

【年立】光源氏三十一歳。松風巻は、源氏の二条東院邸落成と、その西の対への花散里の入居、明石の女性たちの大堰の邸への移住、その別れに際しての入道と親子の唱和、源氏が明石姫君を引き取ることを紫上に相談するという話を述べる。

都の郊外大堰川近くの家が明石入道邸として改造され、明石君や母尼君、幼い姫君たちが上京する日が来た。かねてより源氏から都へ来るようにと誘われていたことがとうとう実現する。明石一族の長年の夢が叶う喜ばしい門出であるが、早くから明石に残ることを決意していた入道にとっては、悲しみの日でもある。

入道は、糟糠の妻である尼君や、娘の明石君と別れの歌を交わす。一行の先行きの幸せを願ってどう覚悟しても、やはり流れる涙は止まらない。これが老いの涙というものかと、入道は実に素直に悲しみを吐露している。

これに対し、尼君は「*諸共に都は出できこの度やひとり野中の道にまどはん」と返す。昔、あなたと都を離れ、ようやくこうして都に戻る日がきたのに、私一人では途中で迷ってしまうと訴えるのである。この「まどはん」には、これから先、都での源氏と娘の関係がうまく行くかどうか不安だという思いも重なっていよう。

また明石君は、「生きてまた相見むことをいつとてか限りも知らぬ世をば頼まむ」と返している。いつまた生きて会えるか分からないけど、お会いできるまで限られた命を精一杯生きていきますというのである。お互いの気持をそれぞれに詠むこの親子の唱和には、深く心打たれるものがある。

本書では、先に見た須磨における君臣の唱和とこの松風巻の唱和、そして後ほど御法巻での紫上と明石中宮らとの唱和を見るが、夫婦と親子の唱和を描いている点でも、この明石親子の深い情愛に結ばれた唱和ほど涙をさそうものはないといってよいように思う。

＊諸共に都は出でき……―昔、明石へ引っ込むことを決めた入道に従って都を出たことを指す。また「この度」の「度」には「旅」が掛けられている。さらに引歌として「古る道に我やまどはむ古への野中の草は茂りあひにけり」（拾遺集・物名・輔相）が指摘される。

19

末遠き二葉の松に引き別れいつか木だかき影を見るべき

明石君

【出典】薄雲巻《明石姫君が、源氏の二条院へ引き取られる際の明石君の詠》

行く末の遠い二葉の松のような幼いこの姫君と離ればなれになって、いつの日か、大きく成長した姫君の姿を見ることができるのでしょうか。

【年立】光源氏三十一歳から三十二歳。薄雲巻は、姫君を紫上に託す明石君の決心を受けて姫君が二条院に引き取られることと、三月の藤壺の崩御に続いて、冷泉帝が自分の出生の秘密を知ること、源氏が従一位に昇進することなどが描かれる。

【語釈】○二葉の松—幼な子の比喩、明石姫君を指す。○引き別れ—別れること。「引き」は正月の行事小松引きに因み、長寿を意味する松の縁語として使われている。

「薄雲」というこの巻の巻名は、源氏が詠んだ「入り日さす峰にたなびく薄雲は」という藤壺哀悼の和歌によるが、巻頭と巻末の話は共に明石君に関する話になっている。特に源氏との間に生まれた明石姫君の処遇をめぐって展開し、源氏の栄華を方向づけることになる点で重要な巻である。

右の歌は、その明石姫君が二条院に引き取られて行く際に、母親の明石君が詠んだ絶唱（ぜっしょう）。まだ幼い姫を二葉の小松（こまつ）に譬（たと）え、心ならずも手放すことになった娘の成長を思いやったのである。

まだ幼い姫君は「何心もなく」迎えの車に乗ろうとする。お母さんも一緒よと、かわいらしく母の袖を引っぱって放そうとしない。母は思わずこの歌を詠むが、最後まで言い切れぬうちに涙がこぼれ続ける。その様子を見た源氏は「あな苦し」と同情し、「＊生（お）ひそめし根も深ければ武隈（たけくま）の松に小松の千代（ちよ）を並べん」とつける。厳密には贈答歌（ぞうとうか）とは言えないが、明石君の呟（つぶや）くような独詠の歌に、源氏が答歌（とうか）を加えたという体（てい）である。

明石君は、もともと自分から歌を詠みかけるようなことをしない。状況に促（うなが）される控（ひか）えめな個性を与えられているのだが、そういう明石君のけなげな姿を見て、源氏は武隈の松に父親である自分を重ね、小松であるこの姫を十分に支えるからと詠んで明石君を安心させようとしたのである。

この巻では藤壺が崩御し、冷泉帝はついに実父（じっぷ）が源氏であることを知る。源氏は従一位（じゅいちい）に昇り、明石姫君は紫上の薫陶（くんとう）を得て将来の＊后（きさき）がねとして育てられていく。明石君のこの涙は、いわば源氏の栄華の道の代償（だいしょう）として流されたのである。

＊生ひそめし根も……――あなたとの深い縁で生まれた子だから、あの武隈の二本松のようにこの子を二人の側に並べるまで永遠に育てよう。武隈の松は陸奥（みちのく）の歌枕で、二本並んでいることで知られていた。「武隈の松は二木（ふたき）を都人いかがと問はば見きと答へむ」（後拾遺集・雑四・橘季通）など。

＊后がね――14に既出。后の候補者。

20

氷とぢ石間の水は行き悩み空すむ月の影ぞ流るる

紫上

【出典】朝顔巻《冬、源氏、紫上と女性のことを語る》

氷の張った岩の間を流れる遣水は流れかねていますが、空に澄む月の光は西に向かって流れていきます。

【年立】光源氏三十二歳。朝顔巻は、賀茂の斎院であった朝顔姫君に対する執心を中心に、それに対する紫上の嫉妬、過去の女性たちに対する源氏の人物評、その夜見た藤壺の夢のことなどが語られる。

巻名の「朝顔」は、桃園式部卿宮の遺児で本巻の主役である前斎院が詠んだ歌に基づく。源氏は帚木巻以来、この朝顔姫君に恋慕の情を燃やしているが、彼女の冷淡さは変わらない。巻末近く、雪の降った冬の一夜、源氏はこれまで関わってきたこの朝顔姫君を含む多くの*女性の思い出とその人物評を紫上に語って聞かせる。夜がふけるままに「月いよいよ澄みて、静かに

*多くの女性―藤壺、朝顔、朧月夜、明石君、花散里などのこと。

おもしろし」とあり、そこで紫上が詠んだのがこの歌である。
　淡々として、源氏の女性遍歴（へんれき）をさらりと受け流すといったような雰囲気である。付き合いきれないといったところであろうか。この後、源氏は紫上の愁（うれ）いに満ちた表情に死んだ藤壺の面影を見出し、朝顔への執心（しゅうしん）をすこし紫上に移したかのように見つめ、鴛鴦（おし）の鳴き声に誘われて次の歌を口ずさむ。

　　かきつめて昔恋しき雪*もよにあはれを添ふる鴛鴦（をし）のうきねか

いろいろと取りそろえて昔恋（むかしこい）しいこの雪の夜に、さらにあわれを添える鴛鴦の声であるよ、といった意味。鴛鴦に夫婦の情を思わせる点があるものの、この源氏の歌は紫上の歌とは贈答の関係にはなっていない。
　そのため、これを独詠歌二首、またはそれぞれ別個の叙景歌（じょけいか）と見る説が根強くあるが、すでに多くの時を重ね、心の通い合いを続けてきた夫婦の「味*のある、大人の相聞（そうもん）」だとする意見もある。あえて言えば、その無関係さを承知で、むしろその齟齬（そご）に乗って、紫上が志向（しこう）する世界を跳（は）ねのけながら、二人の間に新たな展開を築くように配置されていると見れば、贈答歌の世界に新側面を打ち出したものと見てよいのではあるまいか。

*雪もよ―雪の降る中。

*味のある、大人の相聞―後藤祥子「齟齬することば」（『短歌』一九七七・六）の見解。

21

心から春待つ苑はわが宿の紅葉を風のつてにだに見よ

秋好中宮（前斎院梅壺女御）

【出典】少女巻《六条院が落成し、紫上と秋好中宮、春秋の優劣について歌を応酬》

あなたが心からお待ちの春の花々が美しく咲くお庭は、今は淋しいことでしょう。私の庭に咲くこの紅葉をせめて風の便りとしてご覧になって下さい。

【年立】光源氏三十三歳から三十五歳。少女巻は、夕霧の元服と大学寮入学、梅壺女御の中宮立后、源氏の任太政大臣、頭中将の任内大臣、夕霧の雲井雁への懸想、翌年の夕霧の進士合格と任侍従、秋の六条院新邸の完成、そして紫上と秋好中宮の春秋歌の応酬と続き、明石君の六条院入りで終わる。

【語釈】○つて―相手に伝える手段、便り。ここは、風は秋を象徴するから、秋の御殿の主人である私からの便りという意味。

源氏の長男夕霧の元服に始まるこの巻は、源氏の栄華の頂点を象徴する六条院の造営が成された巻でもある。四季の御殿が設えられ、紫上は春の庭が美しい東南の御殿に住み、秋好中宮は秋の草花が美しい秋の御殿に入った。宮中から里帰りする時に住む建物である。折しも今は秋、中宮から箱に載せた色づいた紅葉が紫上の許に届けられた。右は、一緒に添えられてあった中宮の歌。「風のってにだに見よ」と命令口調でいうところに、秋を良しとする中宮の自負心さえ感じられる。

これに対し紫上は、苔を敷いた蓋に巌などをあしらった箱に五葉の松の枝に添えて「風に散る紅葉は軽し春の色を岩根の松にかけてこそ見め」という歌を贈り返した。風に散る紅葉はいかにも軽うございます。私たちの愛する春の情趣を岩根の松に託しますのでご覧下さい、と女同士で競い合ったのである。

源氏が紫上の部屋にいて、中宮の手紙がねたましいでしょうと言い、春になったらこのお返しをするのですね、と紫上を煽り立てる。実際胡蝶巻でその春の返しが実行されるのだが、この二人の間にはお互いが相手の美を認め合う共感があってのことであって、*春秋優劣論の伝統を踏まえた物語ならではのピリッとした場面設定であることを理解する必要があろう。

この直後、明石君が姫君の後見として最後の六条院入りをはたし、この二人の春秋論がかわきりとなって、他の女性たちも便りを交わし合うようになる。理想の六条院が築かれようとしているのだが、今後、彼女たちの世界がどう進むのか、読者の興味が大いにそそられる点であろう。

*春秋優劣論の伝統―万葉集所載の天智朝における額田王の歌から始まり、忠岑と躬恒間の論争などがある。また春秋以外のテーマによる優劣論も行われた。

22

太宰少弐妻（玉鬘の乳母）

年を経て祈る心の違ひなば鏡の神をつらしとや見む

【出典】玉鬘巻《玉鬘、九州の地で大夫監に求婚される》

長年の間、姫君の行く末に幸多かれと祈ってきたことがもし無駄に終わったなら、私は鏡の神をどんなにつらいと恨みに思ってやりますわ。

【年立】光源氏三十五歳。玉鬘巻は、夕顔の遺児の玉鬘が筑紫の地で美しく成人したことから始まる。土豪の大夫監の求婚のエピソードを挟んで、九月に上京した玉鬘と乳母が大和の初瀬寺でかつての侍女右近と再会し、右近を通じて話を知った源氏が十月、六条院に玉鬘を迎え取るまでを描く。

【語釈】○鏡の神―現佐賀県唐津市にある鏡神社の祭神。○つらしと―相手を恨めしく思う。神様をお恨みする。

前項の最初で述べたように、少女巻で六条院は完成した。だが惜しむらくは、世の耳目を集めるような独身の姫君はまだいなかった。明石姫君はまだ小さい。物語が要請したのは、あの夕顔の遺児である玉鬘であった。しかしその登場は遠く九州の地であった。

姫君は今や美しく成長していた。田舎だから男どもがほっておくわけがない。土地の有力者で土豪の大夫監はさまざまな策を弄して玉鬘に迫ろうとする。掲出した歌は、かつての夕顔の乳母で玉鬘を育ててきた太宰少弐の妻が、監の執拗な求婚を断ろうとして監の歌に答えた歌。

大夫監は「＊君にもし心違はば松浦なる鏡の神をかけて誓はむ」という意味不明の歌を寄こしてきた。上句と下句がかみ合ってないのであるが、本人は「＊この和歌は、仕うまつりたり」、つまり滑稽にもこの和歌はよくやったと自信満々であったらしい。乳母の少弐の妻は、右の歌を返し、あなたは私が祈ってきた男ではないと遠回しながら断ったのである。あなたなんかと姫が結ばれでもしたら、鏡の神を怨んでやるわというところであろう。かつて都に暮らしたことがある乳母のプライドが玉鬘を護ったのである。

先に夕顔の歌に『紫式部集』の歌が利用された例をみたが（04参照）、この乳母の返歌に似た歌が、やはり『紫式部集』にある。筑紫にいる友人と交わした「相見むと思ふ心は松浦なる鏡の神や空に見るらむ」「行き巡り逢ふを松浦の鏡には誰をかけつつ祈るとか知る」という歌である。おそらく玉鬘の筑紫時代を造型するに当たって、作者はこの贈答などを参考に物語に現地性を出したのであろう。

＊君にもし心違はば―前半で姫君に対し裏切るようなことをしましたらと言いながら、後半では神に誓いを掛けていて、意味がつながっていない。

＊この和歌―「和歌」という表記があるのは源氏物語ではこの一箇所のみ。監のような田舎者が改まって詠んだものだからという指摘がある。通常は「歌」と言うところ。

23

明石君

めづらしや花の寝(ね)ぐらに木(こ)づたひて谷の古巣(ふるす)をとへる鶯(うぐひす)

【出典】初音巻(はつねのまき)《源氏、明石君の御殿に泊まる》

なんと珍しく嬉(うれ)しいことか。花が咲くあの春の御殿に住む鶯が、こうしてわざわざ谷の古巣を訪ねてくれるとは。

【語釈】○花の寝ぐら―花が咲きそろう春の御殿。明石姫君が養母の紫上といる御殿を指す。○木づたひて―木から木へと飛ぶ鶯のように。源氏や紫上の手から手にかわいがられていること

【年立】光源氏三十六歳。初音巻は、六条院の新春の一日を描く。源氏が女君の家々を歴訪し、その夜は明石君の所に泊まったとある。

初音(はつね)巻は、六条院の完成後初めての元日の一日を描く。源氏はそれぞれの女性の所を年始に廻(まわ)ったが、最後は、紫上の許(もと)ではなく明石君のところに泊まったと記している。それはなぜなのだろうか。

明石君を訪ねた時はすでに夕方になっていた。「追風(おひかぜ)なまめかしく」感じたものの、それを匂わせた気品(きひん)のある本人の姿はなかったが、部屋には様々(さまざま)

な愛用品が置かれていた。それとは別にあった短冊（たんざく）を拾（ひろ）い上げて見ると、明石君の筆で右の「めづらしや」の歌が書かれていた。また、まだたどたどしい字で書かれた明石姫君からの「＊引き別れ年は経（ふ）れども鶯の巣立ちし松の根を忘れめや」という歌もあった。わが身を鶯になぞらえ、引き別れた母親への思いをけなげに詠んだ歌で、明石君の歌が、古巣の自分を忘れまいと詠むこの娘の歌に触発（しょくはつ）されたものであることはすぐ分かる。源氏は、抑制されたこの歌の表現に、掌中（しょうちゅう）の玉を手放して堪（た）えている明石君の心情を汲（く）み取（と）って、明石君をより愛（いと）しく感じたはずである。部屋には他に「＊梅の花咲ける岡辺（おかべ）に家しあれば乏（とも）しくもあらず鶯の声」と書かれたものも置かれていた。この歌にある「岡辺の家」こそ、かつて明石で初めて二人が持った「＊逢瀬（おうせ）の場」であった。このことを源氏が認めたところで、明石君は登場した。

　女主人不在の部屋に置かれたこれらの歌々は、源氏への押さえ込まれた彼女の心情を源氏へ届け、結果として源氏への贈歌のように働いたのである。源氏は返歌こそしなかったが、その日は明石君の部屋に泊まったと物語は記す。種々の珍しい薫香（くんこう）や唐（から）の調度（ちょうど）、そして効果的に置かれた歌、それは、忍従（にんじゅう）の明石君の最初で最後の演出であったのかもしれない。

を言う。○谷の古巣―娘から見て鶯の古巣、すなわち明石君のいる御殿。

＊引き別れ年は……―母と引き別れて何年もたちますが、私が育った古里の松のことを忘れはいたしません。

＊梅の花咲ける岡辺に……―古今六帖・六。春の御殿の近くに住んでいるので、娘の便りもふんだんに聞くことができるという意味。

＊逢瀬の場―吉海直人「明石の君のしたたかさ」（『源氏物語の新考察―人物と表現の虚実』二〇〇三・おうふう）を参照。

24

思ふとも君は知らじな湧きかへり岩漏る水に色し見えねば

柏木

【出典】胡蝶巻《蛍宮や柏木など多く貴公子が玉鬘に懸想する》

私があなたのことをこんなにお慕いしているとは、ご存じないでしょうね。涌き返り盛んに岩間を漏れ出る水に色がないように、私の想いも目には見えないのですから。

【年立】光源氏三十六歳。胡蝶巻は、三月に春の町における船楽があり、四月になると蛍兵部卿宮や髭黒大将、柏木などの貴公子の玉鬘への懸想、源氏自身の玉鬘への恋が描かれる。

六条院では船楽なども催され、ますます賑やかな時間が過ぎていく。だが源氏は、適齢期の姫君の存在が六条院をさらに賑やかにさせることを望み、玉鬘を迎え入れたことを改めて嬉しく思う。案の定、多くの貴公子が玉鬘に接近し求婚するが、困ったことに源氏本人までが彼女の美しさ、聡明さに惹かれるという始末だった。

右の歌は、貴公子の一人中将である柏木の求婚の歌である。柏木は彼女が*自分の異母姉であることを知らなかった。玉鬘は弟の懸想に戸惑いを覚え、彼からの消息をまだ開いてはいなかった。それは想いの強さを見せる「唐の縹の紙」で、香が焚きしめてあり、細く小さく結ばれていた。唐の紙は当時は貴重な輸入品。薄藍色の縹の料紙は風流で、懸想文であることを示す結び文であった。

源氏はこの結び文に目ざとく気づき、結ばれたままだったので「これはいかなればかく結ぼほれたるにか」と玉鬘に訊ね、さらに「これはいかなるぞ」と問いつめ、からかう。玉鬘は実の弟からの消息ゆえに答えようがない。開けてみると、見えぬ恋心を訴えたものであるが、まさに涌き返る想いに溢れた一途で性急な内容、書きざまも「今めかしう*そぼれたり」という現代的で洒落たものであった。

この話がいつしか外へ伝わって、柏木は「岩漏る中将」と呼ばれるようになる。また「岩漏る」の語は人気語になって、意味は違うが、「*夏の夜の月待つ程の手すさみに岩漏る清水いくむすびしつ」「*諸共に岩漏る清水むすびつつ涼みに来むと言ひし君はも」などと現実にも使われるようになった。

*自分の異母姉―柏木から見た玉鬘を指す。以前頭中将と称されていた内大臣が四君との間に儲けたのが柏木、夕顔との間の遺児が玉鬘という関係。

*そぼれたり―「戯る」と当て、洒落る、くだけているという意味。

*夏の夜の月待つ―金葉集・夏・基俊。

*諸共に岩漏る―重家集・四九。

25

蛍兵部卿宮（蛍宮）

今日さへや引く人もなき水隠れに生ふる菖蒲の音のみ泣かれむ

【出典】蛍巻《五月五日、蛍兵部卿宮、玉鬘と菖蒲の歌の贈答をかわす》

今日五月五日の節句でさえ、引いてくれる人がなく、水中に隠れて生えている菖蒲の根はただ水に流されるばかり。あなたに相手にされない私は、声をあげてただ泣いていなければならないのでしょうか。

【年立】光源氏三十六歳。蛍巻は、五月雨の夜の蛍の遊び、五月五日の菖蒲にちなんだ蛍宮と玉鬘の贈答、六条院夏の町の馬場殿での競射の遊び、玉鬘と源氏の間に交わされる有名な物語論などからなる。

【語釈】○今日―端午の節句の今日。邪気を払うために菖蒲を家の軒に挿した。また菖蒲の根の長さを競う「根合」も行われた。「引く」「根」「生ふ」は菖蒲の縁語。

六条院の美しい姫君玉鬘の評判は高まるばかりである。中でも源氏*の弟である蛍兵部卿宮（蛍宮）は玉鬘の相手として最有力候補である。五月雨の夜、源氏の演出で解き放たれた蛍の光の中浮かび上がった玉鬘を見て、宮はいっそう落ちつきのない日々を過ごしている。端午の節句当日、蛍宮は菖蒲にちなんで、白の薄様の紙に見事な書風で書きあげた歌を贈る。それがこの掲出歌である。
「引く」に菖蒲を引く意と心を引く意とを掛け、「音」に菖蒲の「根」を、「泣かれ」に「流れ」を掛けるなど、技巧の限りを尽くしているが、「見る程こそをかしかりけれ、まねび出づれば殊なることなしや」と評されている。見たかぎりではなかなかいいが、口に出すと何ということのない歌だと手厳しい。蛍宮の風流の限界というべきだろうか。源氏や侍女たちにせかされた玉鬘は、蛍宮に初めて返歌をする。

　現れていとど浅くも見ゆるかな文目も分かず泣かれける音の

菖蒲に、分別や条理という意味の「文目」を掛けたところがポイントで、あとは蛍宮と同じ掛詞をそのまま利用している。物事の条理も分からず泣いているとおっしゃるあなたの歌を拝見して、今まで隠れていたお心が浅いことがよく分かりましたと、頭から切り返したのである。

読者はこの贈答から、蛍宮の体裁だけの気取った歌と、玉鬘の女性としてのプライドに満ちた歌との差を読み取るべきだろう。物語の語り手は、これでは蛍宮はがっかりしたことだろうとまとめている。

＊源氏の弟―蛍兵部卿宮は亡き桐壺帝の皇子（母は不明）。源氏とは異母兄弟になる。

26

草若み常陸の浦のいかが崎いかであひ見ん田子の浦波

近江君

【出典】常夏巻《近江君が、姉の弘徽殿女御と珍妙な歌を贈答する》

草が浅い田舎の常陸の海岸の河内のいかが崎ではありませんが、どうにかして、姉君のあなた様に早くお会いしたく思う田子の浦の私でございます。

【年立】光源氏三十六歳、常夏巻は、内大臣側を中心とする話で、内大臣が問題の多い娘の近江君を引き取る話、六条院の釣殿で源氏が近江君のことを尋ねる話、巻末の弘徽殿女御と近江君の珍妙な歌のやりとりが描かれる。

【語釈】○草若み―草が若いので。自分がまだ未熟なのでと自分を卑下した表現と取る見方がある。○いかが崎―河内国の歌枕。下の「いかで」を引き出す序詞として使っている。○田子の浦

近江君は『源氏物語』におけるバイ・プレイヤー（脇役）の一人として有名な女性。源氏のライバル内大臣は、六条院の玉鬘の評判を聞くにつけ、自分の家にも注目されるような若い姫が欲しいと思い、異腹の娘である近江君という姫を捜し出して住まわせる。ところが、その育ちの悪さにはほとほと閉口し、姫君としての教育を、義理の姉に当たる弘徽殿女御に依頼しよう

と考える。近江君は早くこの姉に会いたいと思って、この歌を贈り届けたのであるが、歌はなんとも平仄が合わないめちゃくちゃな歌であった。まず常陸の浦、「いかが崎」の河内、「田子の浦」の駿河と、各地の歌枕がまったくアトランダムに並んでいる。主意は「いかが崎」という序詞から導いた「いかであひ見ん」（何とかして会いたい）だけ、おまけにこの歌のあとに「大川水の」という意味不明の言葉を付け加えてきた。どうやらこれは、「*み吉野の大川の辺の藤波の並みに思はばわが恋ひめやは」という『古今集』の歌を間違って引用し、お姉様に会いたい気持は大きい川のようですと言いたかったらしい。いずれにせよ前後つじつまの合わない歌で、本文に拠る近江君の歌の評「本末あはぬ歌」の一例である。

困った女御は侍女に代作させて、「常陸なる駿河の海の須磨の浦に波立ち出でよ箱崎の松」という歌枕*を羅列し、「立ち出でよ」と「松」にお待ちしますという意を含めただけの歌を返した。この珍妙な贈答、しかしそこには近江の君の必死な思いを感じる。この後、近江君は「愛敬づきたり*」と評される。和歌に自分の心を託すこと、詠歌のルールに従えば簡単なのだが、それができない時、歌に籠める並外れた強い思いもまた大切と作品は伝えている。

—駿河国の歌枕。

＊み吉野の大川の…—古今集・恋四・読人しらず。吉野川の岸に咲く藤波のように、私の恋が並み程度であるなら、こんなに激しい恋などしないだろうに。

＊歌枕を羅列—常陸・駿河・須磨・箱崎。「箱崎」は九州筑紫の歌枕。

＊愛敬づきたり—かわいらしさがあるというものである。

27

玉鬘

行方なき空に消ちてよ篝火のたよりにたぐふ煙とならば

【出典】篝火巻《源氏、玉鬘と篝火の歌を贈答し、恋情を訴える》

そんな心など、あてどのない空の中へどうか消してしまって下さい。あなたのお心が、篝火とともに立ち上るはかない煙のようなものだとおっしゃるのでしたら。

【年立】光源氏三十六歳。篝火巻は、内大臣の娘近江君の噂を聞いた源氏が、彼女と比較して玉鬘に高い評価を与える話。玉鬘と篝火の歌を詠みかわし、玉鬘に恋情を訴える話を描く。

【語釈】○消ちてよ―「消つ」は「消す」という他動詞に同じ。○篝火―庭の照明。鉄製のかごで木を焚いたもの。木は松が多い。○たぐふ―「類ふ」。添わせる、並ばせる。

篝火巻は『源氏物語』の中でもきわめて極小の掌編。玉鬘巻から真木柱巻までの玉鬘を巡る結婚劇が繰り広げられる十巻を「玉鬘十帖」と言うが、その玉鬘も初めての秋を迎える。玉鬘は、近江君に対する実父、内大臣の厳しい扱いようを聞くにつけ、改めて源氏の優しさに親しみを覚え始めている。そうした一夜、源氏は庭の篝火を見て玉鬘に歌を贈る。「篝火に立ちそふ恋の煙（けぶり）こそ世には絶えせぬ炎（ほのほ）なりけれ」。篝火から立ち上る煙のようにあなたを恋い慕（した）う私の恋の炎は決して絶えることはないと迫ったのである。

　これに対し、玉鬘は右の歌を返して、源氏の恋心を巧みに逸（そ）らす。源氏が「恋の煙」などとあからさまな表現で言ってきたのを、「篝火のたよりにたぐふ煙」とぼかし、「絶えせぬ」などと情熱的に訴えるのを、そんな思いなど「消ちてよ」とあっさり否定している。相手の土俵に乗って、さっと切り返すのは答歌の常套（じょうとう）とはいえ、さすがにこの玉鬘の歌は巧みである。この聡明（そうめい）さが余計（よけい）に源氏の心を募（つの）らせたのであろうが……。

『源氏物語』の中で、＊源氏から歌を贈った女性で一番多いのは、明石君であった。離れて暮らすことが多かったせいでもあろうか。次いで最愛の妻の紫上がきて、三番目にこの玉鬘がくる。贈答の妙（みょう）が、玉鬘を相手にするとより活（い）かされるからに違いない。

　この贈答のあと、源氏と玉鬘は、柏木や夕霧らの楽（がく）の演奏にそろって耳を傾ける。柏木はまさか彼女が腹違（はらちが）いの姉であるとは知らず、夕霧から譲られた和琴（わごん）を弾（ひ）いても、玉鬘への想いで集中できないでいる。篝火巻は、こうした軽い話が短く点綴（てんてい）される繋（つな）ぎの巻の性格が強い。

＊源氏から歌を贈った女性──明石君が十一首。紫上は九首、玉鬘八首。

28

明石君

大方に荻の葉過ぐる風の音も憂き身ひとつにしむ心地して

【出典】野分巻《野分の次の日、源氏は夕霧とともに明石君を訪う》

通り一遍に荻の葉の上を通り過ぎてゆく風の音も、つらい私のこの身には、よりいっそうさみしく沁みこむような気がすることだ。

【年立】光源氏三十六歳。野分巻は、秋に六条院を襲った野分の日、見舞いに来た夕霧が紫上をはじめ御方々の姿を初めて垣間見ること、夕霧を連れた源氏が方々の所を廻る過程で明石君を訪れること、夕霧が玉鬘と源氏の仲の良さに驚くことなどが描かれる。

【語釈】○大方に―普通に、一通り、通り一遍に。

秋、野分が六条院を襲う。見舞いにきた夕霧は、源氏が決して会わせようとしなかった紫上の姿を妻戸の隙間から垣間見て、その美しさに放心する。『源氏物語』にいくつかある重要な垣間見＊の一つである。翌日、源氏は六条院の女性たちを順番に見舞う。秋好中宮、明石君、玉鬘、花散里と進んだが、明石君の北の御殿では、端の方にちょっと坐って形ばかり見舞っただけ

＊重要な垣間見―源氏が北山の麓で若紫を見出すシーン、柏木が女三宮を御簾が上がった隙間から見てしま

で立ってしまう。明石君は源氏のこのそっけない態度に、劣等感をまじえた不愉快な気持ちで「心やましげ」になり、右の「大方に」の歌を詠む。相手のいない完全な独詠であった。

「憂き身」に置かれた「荻の葉」は自分のこと、大方に訪れる「風」とは言うまでもなく源氏のつれない態度を指す。その風も、この憂き身にとってはより身に沁む侘びしさでしかない、と歎く明石君のこの心は痛ましい。この明石君の歌の背後には、『後撰集』に載る「いとどしく物思ふ宿の荻の葉に秋と告げつる風の侘びしさ」という歌があったに違いない。

明石君には、この独詠歌と並ぶ独詠歌がもう一首あった。すでに初音巻で私たちはその歌23を見ている。独詠とはいえ、その対象はいずれも源氏に他ならなかった。初音巻の元旦の訪れでは、その独詠は源氏を引き留めるように働いていたが、この野分巻では、独り取り残された後の完全な独詠である。自分の弱い立場をいやおうなく痛感せざるを得なかったであろう。

一方の源氏は、明石君を見舞いつつも、次の玉鬘の所へいく予定で早くも上の空になっている。六条院における玉鬘の存在が、一層大きくなっていったと言えようか。

うシーンなどいくつかあり、いずれも『国宝源氏物語絵巻』など源氏絵の名シーンとなっている。

＊いとどしく物思ふ……——後撰集・秋上・読人しらず。詞書に「思ふこと侍りける頃」とあるので、この「秋」には恋人に「飽き」られていく意が掛けられていることが分かる。

29

光源氏

唐衣また唐衣唐衣かへすがへすも唐衣なる

【出典】行幸巻《源氏、末摘花と贈答歌を交わす》

また「唐衣」ですか。唐衣、唐衣、あなたから来る歌は
いつもくりかえしくりかえし唐衣ですね。

【年立】光源氏三十六歳から三十七歳。行幸巻は、十二月の冷泉帝の大原野行幸、翌年二月、源氏が玉鬘の素性を父内大臣に打ち明けること、玉鬘の裳着、方々から祝儀に際し、源氏が末摘花と贈答する話へと続く。

一見するととんでもない歌だ。日常の戯れじみた会話をそのまま歌にしたようなもの。理由は次の通り。冷泉帝の大原野行幸が行われ、玉鬘は帝の美しさに圧倒され、かねて源氏から勧められていた冷泉帝への入内に心が動く。その前に玉鬘の裳着の儀が行われ、多くの貴人から祝いの品物が届いた。末摘花からは、いかにも律儀にきれいな包紙で巻いた立派な衣箱が届

【語釈】○唐衣―唐風の衣服を言うが、単に立派な衣服の意にも用いられ、「着る」「裁つ」「袖」「袂」「紐」などに掛かる枕詞としても使われた。源氏物語より前の時代に多く用いられた。○

くが、肝心な中身は、落栗さながらの「青鈍の細長一襲」という物であった。これを見た人々は、凶事に用いる青鈍色なので驚嘆する。おまけに付いていた歌が「*わが身こそ恨みられけれ唐衣君が袂になれずと思へば」という不吉なものであった。いつまでもあなたのお側にいたいと言うのはいいが、それが出来ない我が身が恨めしいという。覚悟していたとはいえ、この無神経さにはさすがの源氏も辟易してしまった。

　唐衣の語が見えるが、末摘花はこれまでにも二回、この言葉を使った歌を詠んでいる。三度目のこの「唐衣」の歌に源氏は呆れかえって、ついに右の歌を詠まざるを得なかったのである。

　末摘花がこんな常識外れの歌を詠んだのには一つのわけがある。源氏はこの歌を見て、これだけにするにも苦労がみえるが……と同情しながらも、続けて「まして今は力なくて、所狭かりけむ」と述べている。昔は気の利いた侍女あたりがいて手助けしたものだが、今はそうもいかず、姫君たちも持て余したことだというのである。いわゆる*代作の慣行であるが、この状況は物語上のことではなく、現実世界でもそうだったのであろう。この末摘花のエピソードは、そうした詠歌の現場を窺わせる貴重な例だといってよい。

かへすがへすも―繰り返し繰り返し。「唐衣日も夕暮れになる時はかへすがへすぞ人は恋しき」(古今集・恋一・読人しらず)による。

*わが身こそ恨みられけれ…―私の方こそうらめしい。このあなたへ贈った唐衣の裏や袂ではないが、あなたの袂になれないと思うと。「恨み」に「裏見」、「なれ」に「馴れ」を掛けている。

*代作―他人に頼まれて代作してやること。姫君に代わってベテラン女房や乳母などが歌を詠んだことなども含まれる。

30

朝日さす光を見ても玉笹(たまざさ)の葉分(はわ)けの霜を消(け)たずもあらなむ

蛍兵部卿宮

【出典】藤袴巻(ふじばかまのまき)《玉鬘、蛍宮の歌に返歌する》

朝日がさす光をご覧になりましても、玉笹の葉ごとに下りる霜のようなはかない私を忘れずにいてほしいと思います。

【年立】光源氏三十七歳。藤袴巻は、夕霧の宰相中将昇進、玉鬘の尚侍としての冷泉帝出仕が決定、玉鬘の懸想人たちが競って文を届けてきた中で、蛍宮だけに返歌したことを語る。

尚侍(ないしのかみ)として冷泉帝に出仕(しゅっし)することが決まったが、玉鬘はもし帝の寵愛(ちょうあい)を受けることになったらと、不安を覚えていた。とはいえ、六条院の姫君である彼女への求婚者は相変わらず絶えない。返事はすべて拒否しているが、蛍宮だけは別だった。右の歌は蛍宮が玉鬘に贈ってきた歌である。

朝日に帝を、玉笹に玉鬘を、霜に自分を対応させて、帝の寵愛を受けて

【語釈】○朝日さす光―冷泉帝の威光を譬えた表現。○玉笹―「玉」は美称であるが、実際には玉鬘を指す。○霜―消えかける霜ということで、蛍宮自身を指す。

も、小さな存在であるこの私を忘れないでいてほしいと訴えている。しかもこの歌を、「いと悴(かし)けたる下折れ」の笹に結び、その笹の霜を落とさないように使いに命じて届けてきた。歌の内容に合わせて贈ってきたのである。

玉鬘は他の男たちには返事を出さずにいたが、この蛍宮の歌にだけは、

　*心もて光に向かふ葵(あふひ)だに朝おく霜をおのれやは消(け)つ

と返歌している。*草子地(そうしじ)が「いかが思(おぼ)すらむ」と言うように、この時の玉鬘の真意は意外にも、蛍宮の贈歌「朝日さす光」から、光に顔を向ける葵でも、自分から霜を消すようなことをしないと詠み、私はあなたの記憶を消すことはありませんと蛍宮を受け止めるのである。

　この返歌を、同じ蛍宮に宛(あ)てた先の蛍巻の彼女の返歌25と比較してみると、相違がはっきりと分かる。蛍巻では恋が始まるかにみえた状況も、この藤袴巻では、帝という存在の介入(かいにゅう)によって、これ以上蛍宮との関係が続くことがないのは確かであろう。宮自身も諦(あきら)めを表明していることであり、だからこそ、蛍宮だけに返歌を出したのであろうと思われる。

*心もて光に向かふ…—玉鬘の返歌。自ら望んで日の光に向かう葵でも朝置く霜を自分から消すでしょうか。まして進んで出仕するのではない私は、あなたのお心を消すことはありません。

*草子地—物語などで、作者や語り手の言葉が直接書かれている部分。

31

三瀬川わたらぬ前にいかでなほ涙の水脈の泡と消えなん

玉鬘

【出典】真木柱巻《源氏、髭黒との結婚を決めた玉鬘を訪れ、歌を贈答する》

—三途の川を渡らない前に、どうにかして、悲しみの涙川の水脈の泡となって消えてしまいたいと思います。—

【年立】光源氏三十七歳から三十八歳。真木柱巻は、玉鬘十帖の最後を占める巻で、思いもかけず髭黒大将が玉鬘を得ること、源氏と玉鬘の贈答、嫉妬と物の怪に病んだ髭黒の北の方を父式部卿宮が自邸に引き取ること、翌春の玉鬘の参内、十一月、王鬘が髭黒の子を出産する話などを描く。

巻の最初にいきなり、他の求婚者をさし置いて玉鬘が選んだのが、なんと粗野きわまりない*髭黒大将であったと記されている。玉鬘のこの決心に源氏は驚愕し、会えばますます可憐さが加わってきた玉鬘を見て、思いも寄らぬ男にまさか渡すことになるとはとひどく悔しがり、彼女へ次の歌を贈る。

下り立ちて汲みはみねども渡川人の背とはた契らざりしを

【語釈】○三瀬川—三途の川。女は死ぬと初めて逢った男に背負われて三途の川を渡るという俗信がある。○水脈—川や海の水が深く流れて道をなしている所。

川に下りてあなたと愛を汲み交わすことは結局なかったが、まさかあなたが他人の背におぶさって三途(さんず)の川を渡ることになろうとは約束しなかったという、口惜しさに溢れた愚痴(ぐち)そのものの歌である。この源氏の歌に対し、「女は顔を隠して」右の返歌を詠んだとある。「女」とは玉鬘のことを指す。

物語にはよくあることだが、特に『源氏物語』では、作中人物が高揚(こうよう)した恋の場面にさしかかると、呼称(こしょう)をすてて「男」「女」と書かれることが多い。身分や社会的立場を示す呼称を消去するということは、一組の男女として生(なま)で向き合っていることを示している。この場面で玉鬘を「女」と書くのは、源氏の執着にきっぱりと拒絶する姿と同時に、死ぬ前に消えてしまいたいという、「女」としてのその内心(ないしん)の心情をはしなくも漏らしたことを描きたいがためであろう。

また『源氏物語』では、女が顔を隠(かく)すのは、他人に内心を見せまいとする時の表現である。髭黒との後朝(＊きぬぎぬ)の贈答も記されず、突然の髭黒との結婚の事実から語られる本巻において、源氏への拒絶の答歌を「顔を隠して」行うのは、自分の心の深奥(しんおう)にあった源氏への密(ひそ)かな想いを隠そうとした行為として読めるのではあるまいか。

＊髭黒大将―皇太子の伯父。後に太政大臣となる。玉鬘を強引に妻にした。

＊後朝―05の脚注参照。

32

花の香は散りにし枝にとまらねど移らむ袖に浅く染まめや

朝顔姫君（前斎院）

【出典】梅枝巻《六条院の薫物合に朝顔前斎院から梅の枝につけた文が届く》

私が調合して差し上げるこの「花の香」は、花が散ってしまえば枝には残らないでしょうが、焚き染めて下さる明石姫君の袖には深く残ることでしょう。

【年立】光源氏三十九歳。梅枝巻は、二月十日の六条院での薫物合、朝顔前斎院からの調合の届け物と歌、十一日の明石姫君の裳着、同二十日過ぎの東宮の元服式などの出来事が描かれる。

【語釈】○花の香―梅の花の香りという意だが、朝顔が調合した香の名前ともなっている。○移らむ袖―姫君の袖に香が移るその袖。○浅く染まめや―浅く染まるだろうか、いや深く染まる

東宮への入内を控え、明石姫君の裳着の準備で明け暮れる六条院の一日、源氏は女君たちに名香の調合を依頼し、明石姫君を祝う薫物合を計画する。判者を頼まれた蛍宮と源氏兄弟が、庭先の紅梅を見ながら世間話をしていると、朝顔前斎院から、散りすぎた梅の枝に結びつけた手紙が届く。そこに書かれていたのが右の歌。

『拾遺集』に載る*高光の歌の趣向を踏まえたものだが、香りは長く持たないでしょうがとみずからを卑下しつつ、姫君の袖にこの香を焚きしめて下されば、姫君はますます素晴らしく匂い立つことでしょうと、自分が練った調合の出来に並々でない自負をも示している。その香は*沈で作った箱の中の瑠璃製の*坏二つの中に入れてあった。蛍宮はその風流な仕様を「艶なる物の様」と感心するが、朝顔に心を寄せている源氏も、さすが見こんだとおりだと思って満足したと思われる。

　これに対する源氏の返歌は、「花の枝にいとど心を染むるかな*人の咎めん香をば包めど」というもの。相手を、散った枝どころかまだ咲き匂う「花の枝」そのものと称え、人が気づくような強い香りにいよいよ引きつけられますと相手を賞賛するのである。

　源氏と朝顔の二人は互いに相手の存在に心惹かれながらも、結ばれるということはなかった。しかしこの二人の贈答には、成熟した大人だけが知っている心の通い合いと、だからこそ大事な明石姫君の香を依頼しても期待通りの香を調合してくれるだろうという源氏の信頼があり、朝顔もまた見事にその期待に応えたのである。

だろう。

*名香―仏に奉る香。仏前にたく香。

*高光の歌―「春過ぎて散り果てにける梅の花ただ香ばかりぞ枝に残れる」（拾遺集・雑春）。

*沈―沈香。沈は木の名前。熱帯産で香料に用いる。良質のものは伽羅。

*坏―薫香を盛る壺。

*人の咎めん香―「梅の花立ち寄るばかりありしより人の咎むる香にぞ染みぬる」（古今集・春上・読人しらず）に基づく。人から誰の香かと咎められるほど、香りが強く移ってしまったという意味。

33

秋を経て時雨降りぬる里人もかかる紅葉の折をこそ見ね

朱雀院

【出典】藤裏葉巻《六条院に冷泉帝と朱雀院が御幸、二人が贈答歌を交わす》

紅葉の秋と降る時雨を何度も経験して年取った里人の私でも、このような美しい紅葉の時節をまだ見たことがありません。

【年立】光源氏三十九歳。藤裏葉巻は、四月の内大臣家の藤の宴と、夕霧と雲居雁とのようやくの結婚、明石姫君の入内と母の明石君との再会、源氏、太上天皇に准じ、十月の冷泉帝・朱雀院の六条院御幸と続く。これをもって第一部が終了する。

光源氏の栄華を描く『*源氏物語』第一部は、夕霧の結婚、明石姫君の入内と慶事が続き、源氏はとうとう*准太上天皇にまで昇りつめ、巻の最後に、冷泉帝と朱雀院が揃って六条院に御幸するという最大の栄誉を置いてめでたく閉じられるが、しかし「若菜上」以降の第*二部で展開する六条院の崩壊を予告する萌芽のようなものもすでに織り込まれている。朱雀院が鍾愛の娘

【語釈】○降り―秋が何回も巡ってきて年を経る「古る」に掛けている。○時雨―晩秋から初冬にかけて降る雨。木々の色を染めるものとされた。○里人―宮中を離れ、里に隠棲した朱雀

女三宮の結婚の相手に源氏を選ぶという話がそうだが、右に掲出した朱雀院の御幸歌と、それに応じた冷泉帝の歌もその一つである。

源氏邸への御幸ということであれば、当然その住まいである六条院を寿ぐものでなければならない。このような見事な紅葉の景色は私の在位中にはなかったというのがまさにそれだが、しかしすぐ後に「恨めしげにぞ思したるにや」と記されているように、源氏へのやっかみとも取れる朱雀院の思いがここに含まれている。

冷泉帝はこの歌に対し、「世の常の紅葉とや見る古への例に引ける庭の錦を」と詠む。この紅葉の賀の宴は初めてではなく、わが父桐壺院の先例に倣ったもの、あなたも皇太子時代にご覧になったでしょう、というのである。朱雀院を慰める意図で詠んだのであろうが、実は桐壺帝時代を褒めこそすれ、朱雀帝時代を褒めたことになっていないことは、朱雀院も気づいたはずで、本来大団円で終わるべきものが、ずれとしてそのまま残ることになる。この御幸の場面は、冷泉帝が源氏およびその息子である夕霧と容貌が瓜二つであるという不吉な言葉で終わるが、それもまた第二部へ続く予言的な暗示に他ならなかった。

院自身を指す。○見ね―見ない。「ね」は打ち消しの「ず」の已然形。こそ―已然形の係り結びの形。

＊源氏物語第一部―源氏物語を大きく三部に分けて考える見方で、不幸な生い立ちを背負った皇統の皇子光源氏が権力の絶頂まで昇りつめる藤裏葉巻までを第一部とする。

＊准太上天皇―物語上の創作で、実際にはなかった地位。

＊第二部―若菜上巻以降、源氏の死まで。朱雀院の皇女女三宮の源氏への降嫁が引き金となって、源氏が築いた理想の王国六条院の秩序が内部から瓦解していく過程を描く。ちなみに第三部は、源氏死後の子の薫と孫の匂宮の世代を描く。

34

若葉さす野辺の小松を引きつれてもとの岩根を祈る今日かな

玉鬘

【出典】若菜上巻《玉鬘、源氏の四十賀の祝いに若菜を奉る》

若葉が芽を出した野辺の小松のような私の幼い子供たちを引き連れて、その小松の土壌であるもとの岩根のあなたのご長寿をお祝いに今日、こうして伺いました。

【年立】光源氏三十九歳から四十一歳。若菜上巻は、最長編の巻で、女三宮の将来を案ずる朱雀院の懊悩、女三宮の裳着、朱雀院の出家、正月の源氏四十賀、玉鬘の若菜献上、二月の女三宮の六条院降嫁、新婚三日目の源氏の早い紫上訪問、翌年三月の明石女御の第一皇子出産、六条院の蹴鞠における柏木の女三宮の垣間見などが矢継ぎ早に展開する。

源氏の苦悩の後半生を描く『源氏物語』の第二部が、この若菜上巻から始まる。源氏は四十歳に達した。自分はまだ若いと思っているので、四十賀も内々に行なおうと考えていたが、正月二十三日の子の日に、いち早くお祝いの若菜を持って参上してきたのが、＊尚侍となった玉鬘であった。源氏は「今日の子の日こそ、なほうれたけれ」とつい愚痴めいた言葉を吐いたりす

【語釈】○小松―正月の最初の子の日は、野に出て小松を引き、若菜を摘んで長寿を祝う行事がある。ここは玉鬘が生んだ二人の幼な子を指す。源氏には孫になる。○岩根―小松が生える

る。玉鬘への未練を相変わらず含ませているのだろう。

それに対し、幼い二人の子供たちを引き連れて源氏の前に出た彼女は、今やすっかり成熟し、「もののしき気」さえ漂わせてこの歌を贈った。子供たちを背後に母親としての堂々とした貫禄をしのばせて、源氏への挨拶としたのである。

これには、さすがの源氏も「小松原末の齢に引かれてや野辺の若菜も年をつむべき」と答えざるをえなかった。この孫たちの長い老い先に引かされて、まだ野辺の若菜程度の私も年を加えられようか、などと当たり障りなく答えたというところだろう。玉鬘の贈歌の方がむしろ「今日の子の日こそ、なほうれたけれ」という源氏の愚痴に対する答歌のようである。この玉鬘の歌は、『源氏物語』の中で彼女が残す最後の歌であるが、源氏に対する恋人としての訣別の意志をこめた歌であったと見ることができるだろう。

「若菜上」の冒頭は、実は幼い*女三宮の将来を案じる朱雀院の懊悩が延々と綴られている。この源氏の四十賀のあと、女三宮は結局朱雀院によって最良の候補として選ばれた源氏の許へと*降嫁してくる。しかしこれは、六条院の世界が危険な展開を遂げていく新しい始まりであった。

岩の根元、娘の自分を育ててくれた養父の源氏を意味する。

*尚侍―尚侍司の長官。天皇に近侍したが、天皇の妻である女御や更衣と同様、後宮に列することがあった。

*女三宮―朱雀院の第三皇女。まだ十四歳から十五歳。

*降嫁―天皇の娘の皇女や王女が臣下に嫁ぐこと。

35

消えとまる程やは経べきたまさかに蓮の露のかかるばかりを

紫上

【出典】若菜下巻《病から快復した紫上が源氏と贈答を交わす》

はかない露がすこしでもこの世にあるように、私もまだほんの少しでも生きていられるでしょうか。たまたま蓮の葉に残っている露のようなこの命ですので。

【年立】光源氏四十一歳から四十七歳。若菜下巻は、冷泉帝の譲位、明石女御腹の第一皇子の立太子、源氏の住吉参詣、翌年正月の六条院の女楽、紫上の発病、柏木と女三宮の密通、紫上の危篤と出家の受戒、快復した紫上と源氏の贈答、女三宮の懐妊、源氏の密通の事実の察知、明石女御の匂宮出産と続き、十二月、朱雀院の賀宴の試楽の日に源氏と対面した柏木が病に臥す話で終わる。

女三宮の降嫁によって、この世の栄華を具現したと思われた六条院の調和が狂い始める。女君たちを集めて演奏された華やかな*女楽の催しの直後、妻の紫上が病に倒れて二条院に移る。見舞った源氏はそのまま二条院に残って看病を続け、一時危篤に陥った紫上を快復に導く。あなたが治られて夢のようだ。私の方がもう駄目だと思ったことが何度あったか、と涙を浮かべて

【語釈】○消えとまる程―はかない命の譬えとして使われる露が、消える前まで残っているわずかな間。

*女楽―六条院に朱雀院を迎え、女三宮、紫上、明石女

紫上にすがる源氏に対し、紫上が詠んだのがこの歌。

丁度二人で眺めていた池に、一面に咲く蓮の花に託して、蓮の上の露のようにすぐ散ってしまうものと、みずからの命を譬えたのである。死を覚悟した紫上の悲しみにあわれがある。これを受けた源氏は次のように返している。

　契り置かむこの世ならでも蓮葉*に玉ゐる露の心へだつな

　この世だけでなくあの世へ行っても、あなたとは蓮の上に置く露にでも何でも、心隔つことなくまた一緒に生まれようではないかと紫上を励ましたのである。

　しかし、二人がこうして心を交わす間に、事態はとんでもない方向に進んでいた。蹴鞠*の時の垣間見以来、女三宮に執念を燃やしていた柏木が、女三宮に迫って関係してしまったのである。紫上と初めて心が通いあえたという満足の思いで六条院に戻った源氏を待ち受けていたのは、幼い女三宮の懐妊という事実であった。彼女へ送られた柏木の手紙から、女三宮と柏木との密通を知った源氏は、試楽の日に彼を呼びよせる。物語は、源氏から皮肉に満ちた言葉を聞き、すべてを知っているぞという源氏の冷たい視線に怖れ戦いた柏木が、その後病に倒れたと告げている。

御、明石君がそれぞれの楽器を弾いてもてなした催し。

*蓮葉―ここでの蓮葉は、極楽の蓮の池に咲く蓮をさす。

*蹴鞠―鹿皮の鞠を地上に落とさないよう足で蹴って次々と繋いでいく遊び。平安貴族の間で盛んに行われた。この蹴鞠の時の垣間見は前巻若菜上巻後半で描かれている。

36

この春は柳の芽にぞ玉は抜く咲き散る花の行方知らねば

一条御息所

【出典】柏木巻《柏木の死後、夕霧が落葉宮の母一条御息所と歌を贈答》

この春、玉の露が芽ぶいた柳の糸枝を貫きます。そのように私の目が涙でいっぱいになりますが、それは咲き散っていく桜の行方、亡くなったお方の行方が分からないからです。

【年立】光源氏四十八歳。柏木巻は、正月の女三宮の男子（薫）出産とその後の出家、夕霧に後事を託して死んでいく柏木、薫の五十日の祝い、柏木の妻落葉宮邸を訪れた夕霧と落葉宮の母一条御息所との贈答などが描かれる。

女三宮が男子を出産したあと出家したと聞いた柏木は、ショックのあまり重態に陥り、親友の夕霧を呼んで後事を託し、そのままこの世を去っていく。夕霧は柏木亡き後、その約束に従って柏木の妻落葉宮邸を訪ね、その母の一条御息所と故人を偲んで語り合う。別れ際に「時しあれば変はらぬ色に匂ひけり片枝枯れにし宿の桜も」という歌をそれとなく口ずさみ、その

【語釈】○柳の芽―「芽」に「目」が掛けられている。○玉は抜く―柳の糸に露が数珠のように掛かっている様子を、玉を貫いた糸に譬える伝統的表現。

時節が来れば、家の桜もまた咲き誇ることでしょうと、御息所の悲嘆に励ましを与えたのである。

　これを聞いた御息所は、この歌の背後にある*古歌の心を察知し、すぐさま右の歌を詠んで返した。柳を貫く露はもちろん涙の暗喩、この春ばかりは涙で目がいっぱいになって散る桜の行方さえ分かりませんと応じたのである。柳の「芽」に「目」を掛け、「露」から涙を引き出し、夕霧が詠んだ「桜」を亡くなった婿に見立てて、その行方が分からず呆然としている自分の悲しみを巧みに表現した。この当意即妙の答えに、一条御息所がかつて「才ありとは言はれ給ひし更衣」であったことを思い出し、夕霧はその才能に改めて感心したと本文は記している。この後、夕霧は柏木の妻であった落葉宮に恋心を募らせていくのだが、その一因には、この母親の素晴らしさに心惹かれたこともあったのであろう。

　『源氏物語』の作者は、御息所が夕霧の歌の背景にある古歌をすぐさま思う教養の深さや、夕霧の歌にすばやく応じたその歌の内容を賞めている。和歌というものをどう効果的に詠むべきか、この御息所をモデルとして伝えたかったのではないだろうか。

＊古歌の心―夕霧は庭前の桜を見て、死んだ故人と桜をうたった「深草の野辺の桜し心あらば今年ばかりは墨染に咲け」(古今集・哀傷・上野岑雄)の歌と、「春ごとに花の盛りはありなめど相見むことは命なりけり」(同・春下・読人しらず)という歌を思い浮かべ、「時しあれば」の歌を詠んだとある。

37

憂き世にはあらぬ所のゆかしくて背く山路に思ひこそ入れ

女三宮

【出典】横笛巻《父朱雀院から山菜を贈られた女三宮が返歌する》

この憂き世とは別の、父上の教えてくれた極楽浄土に行きたくて、父上がこの世を背いてお入りになった山路に深く心が引かれてなりません。

【年立】光源氏四十九歳。横笛巻は、柏木の一周忌供養、朱雀院と女三宮の贈答、夕霧の落葉宮邸慰問と、落葉宮から柏木遺愛の笛を贈られて帰宅した夕霧の夢に柏木が現れ、笛への執着を語る話がつづられる。

春になって柏木の一周忌が行われ、源氏も夕霧も心を込めて供養する。相継ぐ娘たちの不幸に心を痛める朱雀院は、出家後も六条院に住む女三宮の所へ＊筍や＊野老を届ける。その手紙の端に次の歌が書かれていた。

　世を別れ入りなむ道は遅るとも同じところを君もたづねよ

第四句の「ところ」に山菜の野老の名を掛けているが、これは贈物に添え

【語釈】○憂き世にはあらぬ所―この世とは別の場所、極楽浄土を暗示する。贈歌の「同じところ」を受け、切り返している。
＊筍―たけのこ。
＊野老―ところ。ヤマイモに

る和歌の場合の常套。そなたは私より遅れて仏道に入ったが、共に目指す先は同じだよと詠んで贈ったのである。

　これに対する掲出の女三宮の歌は、この憂き世を捨てて父上と同じあの世へ行きたいと語り、贈答歌としてはきわめて素直である。恋人間の恋の駆け引きではないので当然といえば当然だが、追いつめられた親子が互いに寄り添って支え合う情愛の深さはあわれを誘ってやまない。

　こうした二人の強固な絆を前に、源氏の孤独が余計に際立ってくる。自分（源氏）が女三宮を粗略にしていると朱雀院に思われていることは知っている。しかし、柏木との密通の顚末を訴えるわけにはいかず、深いジレンマの中にいる彼は、祖父の朱雀院から贈られた筍を無邪気にかじる薫をみて、深い感慨を抱かざるをえない。

　この横笛巻はこの後、一条御息所から譲られた柏木遺愛の笛を吹きすます夕霧を描くが、その夜の夢に柏木が現れ、*笛を伝えたい人は別にいるのだと謎めいたことを語る。そして幼い薫の顔に柏木の面影を見る夕霧――物語はこうした複雑な問題を提示しながら進んでいくのである。

よく似た野生植物で、食用とした。

＊笛を伝えたい人―読者にはそれが薫であることは察しがつく。

38

雲の上をかけ離れたる住みかにも物忘れせぬ秋の夜の月

冷泉院

【出典】鈴虫巻《八月十五夜、冷泉院は源氏らを招き詩歌の宴を開く》

宮中から遠く離れている淋しいこの住まいにも、月は忘れずに訪れて照り輝いてくれますが、あなたは来て下さらないのでしょうか。

【年立】光源氏五十歳。鈴虫巻は、夏の女三宮の持仏開眼供養、八月十五夜の女三宮方における鈴虫の宴、同夜の冷泉院の詩歌の宴が描かれる。

女三宮の持仏*の開眼供養が源氏の深い心遣いによって盛大に行われた。朱雀院は、女三宮に桐壺院から譲られた三条宮に住むことを勧めるが、源氏は女三宮を手放す気になれない。八月、女三宮の庭に鈴虫が放たれ、折しも十五日には宴が行われた。その噂を聞いた冷泉院は、自邸に源氏を招くため、右の歌を贈る。

【語釈】○雲の上―宮中。○かけ離れたる住みか―遠ざかった場所。退位後の院の住居を指す。

*持仏の開眼供養―常に身につけ、または家に安置して

歌の意味自体は素直で分かりやすい。表向きには名月の到来をうたって、暗に源氏の訪れを待っているという意を表したものだが、この歌にはさらに「同じくは」という一言が添えられていた。これは「*あたら夜の月と花とを同じくはあはれ知れらむ人に見せばや」という『後撰集』の歌に拠ったもの。源氏を「あはれを知る人」と見立ててさらに勧誘したのであった。実父を臣下には置けないと譲位し、また父とも会いたいと切望していた冷泉院が、明月を口実に誘う歌は心がこもった美しい表現である。

驚いた源氏は、早速「*月影は同じ雲居（くもゐ）に見えながらわが宿からの秋ぞ変はれる」という返歌を詠んで贈った。上句で、自分の息子であるものの帝であった冷泉院の威光に対して変わらぬ忠誠を示し、下句で、六条院の変化した事情を訴えて、すぐには伺えなかったお詫びに代え、その後まもなく冷泉院（邸）に向かっている。

この源氏の歌について『源氏物語』の語り手は、「異（こと）なる事なかめれど、ただ昔今の御有様（おんありさま）の思（おぼ）し続けらるるままなめり」、どうということのない普通の歌だが、歌の巧みな源氏も、こういう来（こ）し方（かた）の思いに耽っているような場合には、こうした素直な答歌を詠むことがあるのだ、と評している。

おく仏像の持仏を新しく作り、最後に眼を入れて仏の霊を迎えること、またその儀式。

*あたら夜の月と……この春の夜の惜しまれる月と花の美しさを、物の情趣がわかるあなたにぜひ見せてあげたいという歌意（後撰集・春下・源信明）。

*月影は同じ雲居に……―あなたは宮中でも今のお住まいでも今夜の月同様変わらずにお輝きですが、私の住まいの秋はそれ自体で変わってしまっています。

39

夕霧

山里のあはれをそふる夕霧に立ち出でむ空もなき心地して

【出典】夕霧巻《夕霧、小野の山荘に落葉宮を訪れ、歌を贈答する》

山里の物哀れな情趣をさらに増す夕霧が立ちこめ、ここから立ち帰る気になれません。今日は泊めていただけないでしょうか。

【年立】光源氏五十歳。夕霧巻は、夕霧が小野の山荘を訪れて落葉宮と歌を贈答する話、落葉宮の母一条御息所からの手紙を雲居雁に奪い取られ、夕霧が返事をしないまま時が過ぎ、失望した御息所が息を引き取る話、冬、夕霧と落葉宮との結婚などが描かれる。夕霧のこの掲出歌は、彼の名前「夕霧」の基となった。

【語釈】○立ち出でむ―家を出る、帰っていく。

妻雲居雁の嫉妬にもかかわらず、夕霧は柏木の妻だった落葉宮への想いをたち切ることができない。母御息所への見舞いに託つけて小野の山荘を訪れた夕霧が、その時落葉宮に迫ったのがこの歌である。

霧が立ちこめてきた山里の夕方はあわれを増すが、こんなに深ければ帰り道も分からなくなり、帰るにも帰れないと、それを口実にして泣きついたのである。この歌には「＊夕霧に衣(ころも)は濡れて草枕(くさまくら)旅寝するかも逢はぬ君ゆゑ」といった古歌を想起(そうき)させるものがあり、あなたと結ばれたいという願いがある。この夕霧の露骨(ろこつ)な呼びかけに対し、落葉宮は次のように答えている。

　＊山賤(やまがつ)の籬(まがき)を籠(こ)めて立つ霧も心空(そら)なる人は留めず

　男からの誘いに対しては決して素直には応じず、巧みに切り返すというのが古来の鉄則(てっそく)であった。落葉宮も、いくら深い霧であっても、山がつのような賤(いや)しい住まいに来たあなたのような心の浮(うわ)ついた方を引き留めはしませんと、定式(じょうしき)どおりに答えている。霧は落葉宮自身の譬(たと)えでもあった。ここまではいいのだが、夕霧はそれでも帰ることはしなかった。この落葉宮の返歌にある「心空なる人」という言葉尻(じり)を逆に捉(とら)えると、心空でなければ泊まってもいいという意味だと解せるのである。そもそも女が歌を返して来たこと自体が、完全な拒否ではないという了解もあった。求婚の贈答歌のやりとりの裏には、こういう微妙な駆け引きも潜(ひそ)んでいたのである。

　やがて母御息所も亡くなり、侍女(じじょ)たちの熱望もあって、結局落葉宮は夕霧と結ばれるに至るが、この贈答を含む小野山荘での一夜がきっかけになったことも間違いない。

＊夕霧に衣は濡れて……──古今六帖・一に見える歌。あなたに逢えずに、夕霧に着物をびっしょり濡らして私は旅寝することになった。

＊山賤の籬を籠めて……──「山賤」は木樵(きこり)など山に住む人。「籬」は隙間の空いた垣根。

40

置くと見る程ぞはかなきともすれば風に乱るる萩(はぎ)の上露(うはつゆ)

紫上

【出典】御法巻(みのりのまき)《八月、紫上は源氏、明石中宮と最後の歌を唱和する》

私が、こうして起きているかぎり見て下さっていますが、それもわずかな間、私はもう萩の葉の上におく露のように、風に吹かれてはかなく乱れ散っていきます。

【年立】光源氏五十一歳。御法巻は、三月の紫上による法華経千部供養、八月の源氏と明石中宮との間で交わされた最後の唱和と、その直後の紫上の死去を描く。

【語釈】○置くと見る―露が置くの「置く」に、「起きる」が掛けられている。

紫上は二条院で療養(りょうよう)していた。病状は次第に悪化し、法華経(ほけきょう)千部を供養して心の準備を終えた紫上に、ついに黄泉(よみ)の国へ旅立つ日がくる。『国宝源氏物語絵巻』で源氏の最後の姿を描くのがこの臨終(りんじゅう)の場面。そこでは「風すごく吹き出でたる夕暮に、前栽(せんざい)見たまふとて脇息(けふそく)によりゐたまへる」紫上の様子が描かれている。

わずかな小康状態を得た彼女に源氏は息をつくが、もう先がないと自覚する紫上は、静かにこの歌を呟く。美しくも淋しい静謐な雰囲気をたたえた歌である。これに対し、源氏と明石中宮は次のように後を続けた。

*ややもせば消えを争ふ露の世に後れ先立つほど経ずもがな―源氏

*秋風にしばし止まらぬ露の世を誰か草葉の上とのみ見む―明石中宮

三人以上でする唱和歌は、最初の二首が贈答歌のように成立し、三首め以降を他人が付ける場合が多い。しかしこの源氏の答歌には、もはや紫上を励ますような勢いがない。先に取り上げた若菜下巻の、紫上と源氏の贈答35をもう一度みてほしい。源氏はそこでは、二人は一蓮托生であると返していた。しかしもはや「後れ先立つ」だけの短い時間もいらないと一緒の死を願うしかないのである。明石中宮の歌の方がむしろ同性として、はかないのはこの世そのものだとして普遍的な真理を詠み、紫上を慰めるものとなっているだろう。

物語は、源氏でももはや紫上を支えきれなくなったことを残酷に語っている。この唱和が交わされた直後、彼女はその予告どおり露のようにはかなく「消え果て」ている。紫上における『源氏物語』の終焉である。

*ややもせば消えを……―ともすればどちらが先に死ぬかを競う無常な世であるが、今は後れるか先かと争わずにすむようであってほしい。私も早く死にたい。

*秋風にしばし……―秋風に当たってすぐに消える露のようにはかないのは、草の葉の上だけのことではありません、すべて無常なのです。

41

搔きつめて見るもかひなし藻塩草同じ雲居の煙とをなれ

光源氏

【出典】幻巻《紫上の一周忌に源氏、その文反故を焼く》

いくら搔き集めて見たところで、今となっては何の甲斐もないことだ。手紙よ、亡き人と同じ空の煙となって立ち昇れ。

【年立】光源氏五十二歳。幻巻は、紫上に関する過去の思い出、その一周忌の曼荼羅供養、そして一年が立つ頃、紫上の手紙を焼く話、十二月晦日に源氏が我が世の終わりを思うことが記される。源氏の死を語るであろう次の「雲隠」の巻は巻名だけで、本文が書かれることはなかった。

紫上を喪った源氏はひたすら紫上哀悼の一年を過ごす。その一年が過ぎる頃、出家を決意した彼は紫上の手紙類を一枚ずつ焼き捨てるが、右の詠は、紫上が心を籠めて書いたある手紙の端に書き付けた歌である。

須磨退去時代に紫上と一時離れたこともあったが、それは言わば生きた上での別れであった。しかし手紙を書いた主はもうこの世にはいない。物語本

【語釈】○かひなし―「甲斐なし」に「貝なし」を掛ける。○藻塩草―藻から塩を獲るための海草。和歌では「書く・書き集める」に掛けて手紙をかき集める意で詠まれることが多い。○煙

文はその気持を「いとうたて、今一際の御心惑ひも、女々しく人悪くなりぬべければ、よくも見たまはで」と記している。余りに女々しく人目が悪いので、ろくに見もせずに焼いたというのである。多くの掛詞や縁語を多用したこの歌は、贈る相手のない源氏が、手紙に向かって呼びかけた最後の贈歌でもあったのであろう。

源氏は残しておいた手紙のすべてを焼却してしまう。それは紫上への愛着をきっぱり断ち切る行為であり、一方ではみずからの出家の決心をいよいよ固める行為でもあった。手紙を焼いた煙が空に棚引いていく。紫上のいる雲の上に届けというのであるが、ここに、あの『竹取物語』のかぐや姫が残していった薬と和歌を焼かせた帝の姿を反映させてみることも可能だろう。しかし源氏も『竹取』の帝も、手紙を焼くことで愛する人への未練を断ち切れたかどうかは大いに疑問である。それはむしろ、いつまでも＊諦めきれずにいる男のあわれな姿をさらけ出すことになっていないだろうか。

和歌による他への働きかけを閉ざす人間と化した光源氏は、かくて主人公の資格を失い、今や物語の舞台から退場するしかなかった。『源氏物語』の第二部はこうして幕を閉じていく。

—藻塩の縁語。藻塩を焼く煙に通じる。

＊諦めきれずにいる男—この源氏の姿や桐壺帝の桐壺更衣を失った折の涙を流す様子に取材して、明治の尾崎紅葉が『多情多恨』を書いたと言われている。

42

薫

おぼつかな誰に問はましいかにして始めも果ても知らぬ我が身ぞ

【出典】匂兵部卿巻《十五歳の秋、中将になった薫は自分の出生に疑念を抱く》

気がかりなことだ。誰に聞いたらよいのか、自分がどのようにして生まれ、これからどうなっていくのか、わが身ながら分からないことよ。

【語釈】○果て―秘密をかかえるわが身の行く末。これに対する「始め」は出生のことを示す。

【年立】薫十四歳から二十歳。この巻は略して「匂宮」とも言われる短編。薫は元服し、侍従から中将となったが、自分の出生に疑いを持っている。元服から六年後の春、薫は夕霧から六条院の賭弓の還饗に招かれる。

物語は、源氏の子薫と、明石中宮腹の三宮匂宮の世界になった。前巻幻巻から八年の空白の後、この巻は「光隠れたまひにし後」と語り始める。光がなくなったとは、光源氏がこの世から消えたこと、亡くなったことを暗示する。作者は、源氏亡き後、誰がこれからのヒーローになり得るのかと、試行錯誤の中で筆を進めていく。

十四歳で元服を迎えた薫は、冷泉院とその妃秋好中宮を始めとする有力な人々に見守られて生きているが、「幼心地に仄聞きたまひし事」から、自らの出生に疑問を持ち始めていた。そのことが折に触れて気がかりで、誰かに訊きたいとは思うものの、問うべき父の源氏はこの世にいない。では母にと考えるが、若き身空で出家した母がどんな理由で出家したかを思うにつけ、母を傷つけまいと思ってそれもできない。いきおい彼の行動は、おのずと消極的にならざるを得ないのである。*善巧太子のようにありたいと思いつつも、「問ふべき人もなし」と諦めて、この独詠歌を独り言のように呟くだけである。

源氏の孫で、薫よりも一歳年長の匂宮は二条院に育ち、今は兵部卿になっていて女性好きで聞こえ、冷泉院の女一宮に心を掛けているが、世間ではこの二人を並べ「*匂ふ兵部卿、薫る中将」と呼んでもてはやしている。

薫がこの歌を詠んでからさらに六年間の空白を挟み、夕霧が催した賭弓の還饗の様子が描かれてこの巻は終わる。抜群の血筋と評判を持ちながら、厭世観を深める若い薫の行く末はいかに、と思わせながら、特に事件らしい事件もなく話は次の巻へ進んでいく。

＊善巧太子―未詳の王子。出生への秘密を抱え、釈迦の涅槃に従ってその謎を悟った羅漢とする説がある。

＊匂ふ兵部卿、薫る中将―薫の匂いは体質、兵部卿はそれに対抗して香を焚きしめているとされている。

43

匂宮

花の香を匂はす宿に尋めゆかば色に愛づとや人の咎めむ

【出典】紅梅巻《按察大納言の贈歌に対する匂宮の返歌》

花の香りを匂わせている宿を尋ねていったなら、人は香りではなくて色に目のない好色な男だと咎めるでしょう。

【年立】薫二十四歳。前巻と同様試行的な巻で、紅梅大納言の周辺を描く。大納言の娘の婿に匂宮が候補となる。

【語釈】○宿―ここでは紅梅大納言邸。和歌では「家」の代わりにもっぱら「宿」という歌語を使う。

紅梅巻は、前巻から四年が経過しており、按察大納言家の娘宮御方と妹中君の婿探しを中心に描かれる。紅梅大納言とも呼ばれる按察大納言は、かつて源氏の親友でもありライバルでもあった頭中将（内大臣）の息子で、柏木の弟、蛍宮の妻であった真木柱と再婚している。

紅梅大納言は、華やかな匂宮をぜひ中君の婿にと願い、二首の和歌を匂宮に贈り届ける。右の歌は、直接的には「本つ香の匂へる君が袖ふれば花もえならぬ名をや散らさむ」という二首目の歌に答えたものでありながら、実は遠く一首目の「心ありて風の匂はす園の梅にまづ鶯の訪はずやあるべき」の、紅梅大納言の家の梅を示す「匂はす園の梅」を受けて、「匂はす宿」の語句を使うという凝った表現になっている。もともと香りの高いあなたが娘に心を寄せてくれたら、当家の花である娘の香りが加わって評判がより一層増すでしょうと露骨に誘ったのに対し、匂宮は「色」に「色好み」のことを含ませ、人が私を色好みとして咎めそうだから、婿にはなる気はありませんと拒んだのである。彼は大納言家の婿になる気はまったくないが、物語は、熱心に頼まれれば悪い気もしなかったと、恋多き匂宮の若き姿を浮き彫りにしてもいる。

実はこの後、彼が本当に狙っていたのは、蛍宮を実父とする姉の宮御方の方であったということが明かされる。彼女は養父の紅梅大納言さえ心を傾けたほど魅力的であった。養女に心を寄せるというこの構図には、かつて玉鬘に心を寄せた光源氏に重なるパターンが見いだせよう。作者が物語を実験的に進行させせつつあることが分かるのだが、この作者の実験は、さらに大君と中君という二人の姉妹の話というテーマに集約されていく。

*心ありて風の――紅梅大納言の最初の歌。思う心があって風が匂いを送る園の梅、その娘に対して鶯のあなたが訪わないことがありましょうか、と言って婿になってくれるように誘う。

*大君と中君――次の竹河巻における玉鬘の娘大君と中君、宇治十帖の八宮の姫君大君と中君の話と繰り返される。

44

女童なれき桜花匂ひあまたに散らさじと蔽ふばかりの袖はありやは

【出典】竹河巻《桜花を賭けて碁に興ずる玉鬘邸の女君たちの唱和歌》

桜の香りをあちこちに散らさないようになさっても、それをすべて蔽うような大きな袖をお持ちでしょうか。こちらにも漏れた香が薫ってきてしまいますよ。

【年立】薫十四、五歳から二十三歳。竹河巻は時間を遡らせて、玉鬘一家の様子を描く。夫髭黒の早世で、玉鬘は子供たち、特に長女の大君と次女の中君の結婚問題に悩んでいる。大君は多くの求婚者があり、薫を婿にと考えたこともあったが、夫の遺志もあって、結局冷泉院に参院させるという筋。

【語釈】○蔽ふばかりの袖―「大空に蔽ふばかりの袖もがな春さく花を風にまかせじ」（後撰集・春中・読人しらず）を踏まえる。花が風に吹かれて散ってしまわないように、大空を蔽うよう

『国宝源氏物語絵巻』の竹河二には、玉鬘邸の中央の壺庭に満開の桜が描かれ、それを囲むように六人の女性たちが華やかに配され、彼女たちによって歌が唱和される場面が描かれている。

大君と中君姉妹が桜の花を賭けて碁を打ち、中君に軍配が上がった。夕方になって桜が散り始め、負けた大君が「桜ゆゑ風に心の騒ぐかな思ひぐまな

き花と見る見る」、私を負けさせた思いやりのない桜だけれど、やはり散るのは気になってしまうと詠むと、大君側の女房宰相君(さいしょうのきみ)、次いで勝った中君、中君側の女房大輔君(たいふのきみ)と、舌戦(ぜっせん)のように言葉を返しながら歌を詠み進めていく。大輔君が詠んだ「池に落ちた花びらも集めたい」という歌に、中君づきの女童が「大空の風に散れども桜花*おのが物とぞ掻(か)きつめて見る」と応じて実際に花を集め始めたので、なれきという大君側の童女が詠んだのがこの歌である。『後撰集』の言葉を借りて、あなた方が散らさないと言ったって、すべてを蔽う袖などないでしょう、匂ってきますよと、反駁(はんばく)したのである。さらに、その歌に「お心の狭いことね」と加えているが、いずれにせよこの場面は、『源氏物語』の中でも、歌の競(きそ)い合いを生き生きした臨場感(りんじょうかん)のもとに描いていて楽しい。

この竹河巻は、玉鬘に仕(つか)えてきた老女房が、早く夫の*髭黒(ひげくろ)を喪(うしな)って母一人で多くの子供を育ててきた玉鬘のその後の苦労を問わず語りに語るというものだが、悩んだあげくに冷泉院に託した大君が、妃たちの嫉妬にあって実家に帰ってきたり、今上帝(きんじょうてい)から恨まれて中君をその尚侍(ないしのかみ)として出仕(しゅっし)させるなど、一家の主(あるじ)として玉鬘の悩みは尽きないと報告している。

な袖があったらと願った歌。この歌は幻巻にも使われている。

*中君—髭黒の三女。玉鬘腹の次女。内裏(うち)の君とも。

*おのが物とぞ…—自分の独占物として全部掻き集めて見よう。

*髭黒を喪って—髭黒については31参照。源氏と前後して亡くなっている。

45

いかでかく巣立（すだ）ちけるぞと思ふにも憂（う）き水鳥（みづとり）の契（ちぎ）りをぞ知る

大君（おおいぎみ）

【出典】橋姫巻（はしひめのまき）《妻を喪（うしな）った宇治の八宮が愛育する娘二人と唱和する》

どうしてここまで大人になれたかと思うにつけ、水に浮かぶあの鳥のように悲しいわが身の不運がつくづくと思い知らされます。

【年立】薫二十歳から二十二歳。亡き桐壺帝の皇子八宮は二人の娘と寂しく暮らしていたが、火災が原因で宇治に移り住むことになる。八宮の許を何度か訪れた薫は大君と中君を見出し、大君と歌を交わすようになる。薫から彼女らの存在を聞いた匂宮も関心を示す。巻の途中、薫はついに弁尼から出生の秘密を聞く。

巻頭で、「*世に数（かず）まへられたまはぬ古宮（ふるみや）」、源氏の弟八宮（はちのみや）が登場する。世が世であれば皇位にも登れた故桐壺帝の皇子であるが、今は権力から離れ、北の方も死んで、遺された大君（おおいぎみ）と中君（なかのきみ）という二人の姫君を熱心に養育（よういく）しながら寂（さび）しく時を過ごしている。

ある時、娘たちに琴（こと）を教えていた八宮は、娘たちの琴の上達（じょうたつ）ぶりに驚き、

【語釈】○いかでかく―どうしてこのように。父親一人の手で育てられたことをいう。○憂き―水鳥の「浮き」が掛けられている。

*世に数まへられたまはぬ古

庭先の池を泳ぐ水鳥を見て、「＊うち棄てて番(つが)ひ去りにし水鳥の仮(かり)のこの世に立ち後(おく)れけん」という歌を詠み、二人の将来を思って悲しみの涙を流す。姉の大君は幼いながら父の気持ちを察(さっ)し、手元にあった硯(すずり)の上に字をなぞるが、字は紙の上に書くものだと父にたしなめられた大君は、父の水鳥の歌に合わせて内心の思いを歌に表わす。それが掲出した右の歌である。

　ここまで大きくなれたのはお父様のおかげだと一方に感謝を含ませながら、自分たちを取り囲む運命の辛(つら)さを早くも「憂き」ものとして認識する早熟さを示している。物語の語り手は「よからねど、その折はいと哀れなりけり」と評価しているが、この大君の認識は若くして悲しい。

　この場面は、若紫巻で、源氏が幼い若紫に書(しょ)を教えたシーンを彷彿(ほうふつ)とさせるだろう。源氏は若紫の筆を見て「＊いと若けれど、生(お)い先見えてふくよかに書いたまへり」と評しているが、その評価はこの大君の場合と重なり合っている。八宮はこの後、姫君たちに、歌は詠み続けるものであること、よき指導者が大事であると教訓(きょうくん)するが、やがて火災にあって宇治(うじ)の地に移り住むことになった八宮の一家を、薫が垣間見(かいまみ)、大君や中君をめぐる宇治の物語は大きく展開していくことになる。

宮―年をとって世の中から忘れられた皇族。

＊うち棄てて……―父鳥を棄てて母鳥が先立ってしまったあとで、子供たちだけが仮のこの世に残されてしまった、の意。

＊いと若けれど……―たいそう若いが先行きの成長がみえて、ゆったりとした書きぶりである、という意味。

46

我なくて草の庵は荒れぬともこの一言は枯れじとぞ思ふ

八宮

【出典】椎本巻《八宮が薫に、自分亡き後の姫君たちの後見を頼む》

私が死んだあと、この屋敷が荒れてしまいましても、あなたが私に約束された一言は間違いはなく枯れずに生きると信じています。

【語釈】○草の庵—草ぶきの小さな家。八宮の住まいであれば大きな家であろうが、薫の保護の必要性を主張してこう言ったのであろう。

【年立】薫二十三歳から二十四歳。椎本巻は、匂宮の宇治の別荘の中宿りから始まり、二人の姫の行く末を思案する八宮の苦悩と、姫君たちに遺戒し、薫にその後見を依頼して死んでいく八宮の姿を描く。

厄年を迎えた八宮は、健康を害して自分の死期が近いことを自覚する。自分と同じく仏門に心を寄せる薫を呼んで、「かかる対面もこの度や限りならむと、物心細きに忍びかねて」この歌を託し、娘たちの面倒を頼んで亡くなっていく。薫は、日ごろ俗聖とまで言われた八宮がこれほどまでに執着し懇願するとはといぶかりながら、後見となることを約束する。

八宮の歌は、草が枯れる意の「枯れ」に、草の庵から自分が「離（か）れる」ことと、つまり娘たちを残して死んでいく意を掛（か）け、「一言（ひとこと）」には約束の言葉という意とともに、丁度姫たちが奏（そう）していた琴の音の「一琴（ひとこと）」をも響（ひび）かせている。また「草の庵」とは、自分や姫君たちが住む宇治の住まいを卑下して言ったものであるが、この場面の後、八宮が娘たちに残した遺戒（ゆいかい）で、宇治から決して出てはならないと禁じているところからすれば、この「草の庵」こそ姫君たちの終（つい）の棲家（すみか）であるとも言いたかったのであろう。薫はこの歌に対して、「いかならむ世にか離（か）れせむ長き世の契り結べる草の庵は」と返す。どのような世の中になりましても、あなたのこの草の庵を、見捨てることなく、永遠に守り続けますと約束したのである。

しかし、八宮は本当は何を言いたかったのであろうか。虚心（きょしん）に八宮の歌を読めば、姫君たちの琴の音に合わせて「離（か）れじ」と言う点からして、実は薫と娘との結婚を望んでいたとみることができないか。

にもかかわらず、父の遺戒を結婚するなという意味にとった大君は、この後、薫との結婚を頑（かたく）なに拒否（きょひ）する結婚拒否の姫君として造型（ぞうけい）されていく。人間たち相互の齟齬（そご）というテーマはすでにこの巻において重い。

47

貫きもあへずもろき涙の玉の緒に長き契りをいかが結ばむ

大君

【出典】総角巻《八宮の一周忌の準備に訪れた薫の歌に、大君が返歌する》

――紐の緒に貫くことができないほど、もろくこぼれやすい涙の玉のように消えやすい私の命ですのに、あなたとの末永い契りをどうして結べましょうか。――

【年立】薫二十四歳。総角巻は、大君の死までを描く。巻頭、八宮の一周忌の準備を後援した薫は、大君への想いを訴えるが、彼女はこれを拒否、代わって中君を薫に奨める。薫は匂宮を中君に通わせるが、やがて始まった中君への匂宮の夜離れに絶望視し、大君はそのまま死んでいく。

【語釈】○貫きもあへず―貫き通すことができない。○緒―糸を縒って編んだ紐。「玉の緒」で命を意味するようになった。

*名香の糸―名香（32に既出）を供えた机の四隅に垂

八宮の一周忌が迫り、薫はその準備のため宇治を訪れた。その夜、薫は「総角に長き契りを結びこめ同じ所に縒りも合はなむ」という歌を詠んで、祭壇に備える名香の糸の総角結びにあなたとの末長い契りを籠め、いつまでも一緒にいたいと大君に自分の意中を訴えた。「総角」とはまだ若い男女の髪型である揚巻の形の結び方を言う。

だが薫のこの歌は、実は八宮の一周忌の法事に詠む歌としてはふさわしくはない。総角結いの若い男女の契りをうたった*催馬楽「総角」の歌詞に「総角やとうとう　尋ばかりやとうとう……」とあるのに基づいている。薫は糸の「縒り」を「寄り」に掛け、二人の間が近寄って相互に縒り合うことを願ったのである。しかし、そんなセクシャルな歌を法事の前に贈られて、大君が受け入れるはずもない。大君は右の歌を返して、「長き契りをいかが結ばむ」ときっぱり拒否している。この巻は大君の死を告げて終わるが、この歌は、その遠からぬ死を暗示するような歌ともなっている。

　また初句と二句「貫きもあへずもろき涙の」は、宇治に到着した薫が、大君と中君が名香の糸を織っている姿を垣間見て、かつて歌人の伊勢が主人の温子の死を偲びながら詠んだ「*縒り合はせて泣くなる声を糸にしてわが涙をば玉に貫かなむ」という歌を思い出して、「わが涙をば玉に貫かなむ」と呟いたシーンに基づいているが、大君は、その時の薫の呟きをこの歌の中に織り込んで返歌したのである。

　この総角巻は、場面全体が、いわば伊勢が詠んだ一首の和歌に覆われた特異な時間と空間で作られていると言ってもよいようである。

らす組糸。

*催馬楽―奈良時代の民謡を雅楽に合わせて歌曲としたもの。この「総角」の歌詞の後半は「離りて寝たれども転び逢ひけりとうとうか寄り逢ひけりとうとう」。

*縒り合はせて……―伊勢集に見える歌。主人温子の四十九日の法要で女房たちと名香の糸を縒っている時に詠んだ歌。人々の悲しみの声を糸に縒って私の涙もその中に貫き入れたいという意。

48

ありふ経ればうれしき瀬にも逢ひけるを身を宇治川に投げてましかば

大輔君

【出典】早蕨巻《中君の都への転居に際し、侍女たちが喜びの歌を唱和する》

生きていればこそ、このような嬉しい時に出逢うことができましたが、もしあの時宇治川に身を投げてしまっていたら、どんなにか悔しく思ったことでしょうよ。

【語釈】宇治川―「宇治」に「憂し」を掛けている。この掛詞は歌には多い。○投げてましかば―「ましかば」は反実仮想。

【年立】薫二十五歳。早蕨巻は、中君を中心に描く。薫は大君のことを中君とともに懐かしむ、匂宮は宇治に頻繁に通えないので中君を二条院に迎え取るが、薫は中君を匂宮に譲ったことを今さらながら後悔する。

都から遠い中君の許へ度々出掛けることを苦慮した匂宮は、結局彼女を二条院に引き取ることを決意する。中君は父八宮の遺訓もあって宇治を離れることに躊躇し、乳母の弁尼もこのまま宇治に留まると言い張るので心は弾まないが、といって匂宮の誘いを拒否するわけにもいかない。一方、長年片田舎の地で姫君に仕えてきた侍女たちは、都へ行くと聞いて早くも心を踊らせてやまないでいる。

いよいよ宇治を去る日が来て、一行のために車が用意された。目立つことを避けて匂宮はさすがに来られないが、*前駆（せんぐ）の役に殿上人（てんじょうびと）をつけ、薫からも前駆が多く出たので、羨（うらや）むような華々（はなばな）しさである。この時、中君と同車（どうしゃ）する栄誉（えいよ）を得たのがこの侍女の大輔君（たいふのきみ）で、「*祈りつつ頼みぞ渡る初瀬（はつせ）川嬉しき瀬にも流れあふやと」という古歌（こか）を踏まえた掲出の歌を詠んで、ようやく自分にも幸せがやってきたのだと、喜びを隠しきれない。

これより先、弁尼は薫と贈答を交わし、「*先に立つ涙の川に身を投げば人に後（おく）れぬ命ならまし」という歌を詠んでいる。涙川（なみだがわ）に身を投げて死んでしまえばよかったと、大君に先立たれた悲しみと口惜（くや）しさをうたったものであるが、右の大輔君の歌は、この弁尼の「身を投げたかった」という言葉とうらはらに、「宇治川に身を投げずにいたから今の幸せがあるのよ」と言ったのである。

『国宝源氏物語絵巻』には、几帳（きちょう）を挟んで侍女たちの悲しみと喜びの表情を巧（たく）みに描き分けたシーンがあるが、まさしくこの巻の大輔君の喜びと弁尼の悲しみの相反する歌に重なっている。

*前駆—行列や車の先導役の人。

*祈りつつ頼みぞ……—古今六帖・三の歌。嬉しい逢瀬を得たいと長く初瀬の神に祈りを捧げてきました。

*先に立つ涙の川—あの時流した涙の川に身を投げていれば、姫君に死に後れるこんな悲しみを味わわずにすんだものを。

49

霜にあへず枯れにし園の菊なれど残りの色は褪せずもあるかな

今上帝

【出典】宿木巻《女二宮の降嫁を仄めかされた薫の贈歌に対する帝の返歌》

霜に堪えかねて枯れてしまった園の菊ではありますが、残りの花の色はまだ褪せずに美しい花の香を保っています。母を亡くした宮ではありますが、その花のように美しく育っております。

【年立】薫二十四歳から二十六歳。宿木巻は浮舟という新ヒロインが登場する巻。薫は今上帝から女二宮の降嫁を仄めかされるが、夕霧の娘六君を妻に迎えた匂宮の夜離れが始まって宇治へ帰りたいと願う中君への思慕がなお続く。中君はその思いを逸らそうと浮舟のことを薫に告げ、薫は宇治で浮舟の姿を垣間見る。

母親の藤壺をなくし、有力な後見を失った女二宮の将来を心配する今上帝は、信頼できる夫を持たせることを思いつき、薫を候補にと考えるが、ただ下げ渡すわけにもいかず、薫と碁を争い、その＊賭物として女二宮を薫に与えることを計画する。恰好の賭物があるのだがと、勿体ぶって薫を誘った帝は、わざと負けを取り、「まず今日はこの花一枝許す」として、女二宮の降

【語釈】○霜にあへず—霜の寒さに抵抗できずに。○残りの色—色褪せているもののかえって美しく見える菊。

＊賭物—賭け物に同じ。勝負に際して賭ける品物。

嫁(か)を薫に仄(ほの)めかした。

薫は黙ったまま庭に下り、風情のある残りの菊を折り取って、「世の常の垣根に匂ふ花ならば心のままに折りて見ましを」という歌を、枝に結びつけて帝に贈る。普通の花なら躊躇(ちゅうちょ)なく折らせてもらうのですが……という意だが、もちろん女二宮に申しわけないので遠慮したいという意味で言ったのである。しかし、この言葉をそのまま受けるわけにはいかない帝は、どうしてもあなたに託したいという意志を込めて、右の歌を返した。

「残りの色」というのは、一見謙遜(けんそん)に見える言い方だが、残菊(ざんぎく)を愛(め)でる宴が当時もてはやされていたように、霜に当たって変色しかけた「移ろひたる菊」は、当時の人々が*大いに好んだ美しさであった。帝の並々ならぬ決意のほどがこの歌に溢(あふ)れているといっていいだろう。

結局薫は、藤壺の喪(も)が明けるころ、女二宮との結婚を承引(しょういん)する。一方、匂宮は夕霧の娘六君(ろくのきみ)と結婚し、中君(なかのきみ)に対する夜離(よが)れが始まる。物語はこの後、中君の運命を巡って展開するのだが、中君は薫の執拗(しつよう)な恋着(れんちゃく)から逃れるため、異母妹(いぼまい)に当たる浮舟の存在を薫に漏(も)らした。薫・匂宮という男たちの間で翻弄(ほんろう)される浮舟という次なるヒロインの登場である。

＊大いに好んだ美しさ―「帝の歌表現は実は女二宮に対する最高のほめ言葉」と見る見解がある（久富木原玲『源氏物語の鑑賞と基礎知識』宿木巻）。

50

里の名も昔ながらに見し人の面変はりせる寝屋の月影　薫

【出典】東屋巻《浮舟を宇治に隠した薫が弁尼と交わした巻末の贈答》

憂き里という名をもつ宇治の里も昔のまま変わらないのに、月の光の中で見る寝屋のその人の面影は、昔の人とは変わってしまっています。

【語釈】○面変はりせる―顔立ちが変わったこと。

【年立】薫二十六歳。浮舟巻は、匂宮と薫の板挟みになる浮舟を描く。大君を忘れられない薫は、中君から大君にそっくりの浮舟の話を聞く。中君を頼った浮舟は匂宮に狙われて一時三条に隠れるが、浮舟を訪ねた薫はさらに彼女を宇治に匿う。

巻頭で浮舟の素性が明かされている。八宮の愛妾であった中将君は、八宮の死後、遺児の浮舟を連れて常陸介の後妻に入るが、婚約者から見放された浮舟を中君に託す。中将君はその婚約者の男が匂宮にペコペコしているのを見て溜飲を下げるが、匂宮が浮舟に言い寄るという新たな危険が迫ったので、浮舟を三条に隠し、さらに薫の手で浮舟は宇治に移された。

この歌は、宇治の家で浮舟に琴を教えたり、弁尼と歌のやり取りをしたりする薫が、「*宿木は色変はりぬる秋なれど昔覚えて澄める月かな」という尼の歌に対して返した歌。弁尼は宿木巻でも薫と歌を贈答していたが、この尼の歌は、*その時交わしたことがある贈答歌を踏まえている。宿木もすっかり紅葉しましたが、あなたのお相手の女性も大君様から浮舟に替わりましたねと詠んだのに対し、昔の大君を忘れられずにいる薫は、大君の代わりに「面変はり」した浮舟がそこにいただけですと逸らしたのである。薫にとって、浮舟が大君の形代であることが分かる。

第三句の「見し人」とは、直接的には今会っている目の前の浮舟のことを指すが、この巻で、薫がすでに「*見し人の形代ならば身に添へて恋しき瀬々の撫物にせむ」という歌を詠んでいることからすれば、「見し人」とはあくまでも大君に他ならない。

浮舟を通して大君を見る薫。大君の代役としての浮舟の役割。この微妙な二重映しは、薫の感情を反映して微妙である。本文でも、右の薫の返歌は弁尼に直接返したものではなく、侍従という侍女を介して尼君に届けさせたものだと殊更に書かれている。

*宿木は色変はりぬる――大君から浮舟に変わったことを暗示する歌。宿木とは、他の植物に寄生する植物の総称で、主に蔦をいう。

*その時交わした……――「宿木と思ひ出でずは木のもとの旅寝もいかに寂しからまし」(薫)、「荒れ果つる朽木のもとを宿木と思ひ置きける程の悲しさ」(弁尼)という贈答。宇治の里が宿り木(以前泊まったことのある里)であるという共通の認識があり、それがこの巻でも持続している。

*見し人の形代……――昔にお会いした人の身代りというような、いつも側に置いて思いを晴らす人形としましょう。撫物とは邪気や汚れを祓うための本人の代替物。

51

年経とも変はらむものか橘の小島の崎に契る心は

匂宮

【出典】浮舟巻《匂宮、宇治川の対岸の家に浮舟を舟で連れ出して詠歌》

年を経ても私の想いが変わることがありましょうか。橘の小島の崎の濃い緑の色にかけて、契った心なのですから。

【年立】薫二十七歳。浮舟巻は二人の男に翻弄された浮舟が、最終的に失踪するまでを描く。中君から浮舟の所在を聞いた匂宮は、薫を装って浮舟に迫り、ついに浮舟と契る。薫と匂宮の板挟みになった浮舟は苦悩の果てに死を決意して姿を隠す。

【語釈】○橘の小島―宇治橋の下流近くにあった小島か。現在は陸地に接してしまい所在が不明。

匂宮は薫を装ってついに浮舟と契った。浮舟自身も事の成行きに動転するが、薫とは正反対の匂宮の激しく一途な情熱に次第に心動かされていく。匂宮は再び宇治を訪れ、浮舟と静かな場所で過ごすべく、宇治川対岸の家へと舟を漕がせた。

雪の夜で、心細い浮舟は匂宮の腕にしっかりと抱かれている。有明の月が川面を照らす中、船頭が「これが橘の小島で」と言って舟を止める。大きな岩のような小島に風情がある常緑樹が茂っていた。匂宮は「かれ見たまへ。いとはかなけれど、千年も経べき緑の深さを」と言って、右の歌を詠む。橘の小島は本来山吹の名所だが、今は深い緑で覆われている。橘の名から、「橘は実さへ花さへその葉さへ枝に霜ふれどいや常磐の木」という古歌を連想し、自分の愛はあの濃い緑のように変わらないと誓ったのだった。雪の中の橘は、末摘花の門番の老人の場面（06）でも頭の雪を象徴するものとして出ていたが、ここでは永遠の愛を表すものとなっていて、同じ景物が二様に比較されていて面白い。浮舟は次のように返す。

橘の小島の色は変はらじをこの浮舟ぞ行方知られぬ

おっしゃるように深い緑は変わらないとしても、と前半で匂宮の歌を受け止めつつ、乗っている舟を「憂き舟」と捉え、私はどこへ流されていくのでしょう、と心の中の不安を思わず洩らしたのである。匂宮は「千年も経べき緑の深さを」と言うが、浮舟にとってはその緑は、まさに永遠性のない移りやすい色に他ならなかった。二人の置かれている立場が、この時点からすでに離れてしまっていることが巧みに暗示されている贈答である。

＊山吹の名所―「今もかも咲き匂ふらむ橘の小島の崎の山吹の花」（古今集・春下・読人しらず）など。
＊橘は実さへ花さへ―古今六帖・六に載る歌。

52

あはれ知る心は人に遅れねど数ならぬ身に消えつつぞ経る

小宰相君

【出典】蜻蛉巻《女一宮の侍女で薫と思いを交わす小宰相君の贈歌》

おつらいご様子にご同情申し上げる気持ちは誰にも遅れを取りませんが、人数にも入らない私ですので、あなたのお目に入らないよう、消え入るように過ごしております。

【年立】薫二十七歳。蜻蛉巻は、浮舟失踪後の人々の騒ぎを描く。薫も匂宮も浮舟の死を素直に受け入れ難く、嘆きの日々を過ごす。女一宮に憧れる薫は、その侍女の小宰相君に慰められたりするが、巻末では、蜻蛉の飛ぶのを見ながら世の無常を思う薫がいる。

人々の必死の探索にもかかわらず、浮舟の行方は知れない。薫は浮舟に対して間遠な訪れであったことを悔やむが、後の祭りであった。勤行に専心しようとしても落ち着かず、匂宮の尋常ではない狼狽ぶりを見て、匂宮と浮舟の仲を疑う。この歌は、悲嘆に明け暮れるそうした薫に同情して、女一宮の侍女で薫の思い人でもある小宰相君が詠んだ歌。

彼女は、浮舟を忘れるために他の女を求める匂宮からも懸想されていたが、薫は、彼女がその誘いに靡くような女でないことを知っている。小宰相君の方も、薫の「かく物思したるも見知りければ」、すなわち薫の悲嘆ぶりがよく分かっていたので、この歌をあえて自分の方から詠みかけた。

歌では「数ならぬ身に……」と自らを卑下しつつも、その後に「代へたらば」と付け加えた。「*草枕紅葉筵に代へたらば心を砕く物ならましや」という古歌を引いて私が身代わりになったなら、浮舟様のように私にも心を砕いてくれますかと、わざと甘えて見せたのである。これに対し薫は、彼女の心の「しめやかなる程をいとよく推し量りて」次のように詠んだ。

常なしと*ここら世を見る憂き身だに人の知るまで嘆きやはする

世間は無常だと思うほど多くの例を見てきた憂き身の私でさえ、よそから見るほど歎いてはいないと詠み、小宰相君の意を汲んで、あなたのことも思っているのだと返したのである。歌に続けて書かれた「この喜び、哀れなりし折からもいとどなむ」という薫の言葉は、こうした折に見せた小宰相君の配慮をありがたく思い、さすがだと感心した薫の心優しさを表わすものと言えよう。

*草枕紅葉筵に……―後撰集・羇旅に見える亭子院の歌。旅寝ではあるが、この散り敷いた紅葉を筵の代わりに敷いて寝たならば、心を砕くほどの辛い旅になるだろうか。かえってよい旅になったことだ。

*ここら―「そこだ」「ここだ」と同じく沢山であることを示す語。

53

憂きものと思ひも知らで過ぐす身を物思ふ人と人は知りけり

浮舟

【出典】手習巻《強引に言い寄ってきた男への浮舟の返歌》

世の中を辛いものだと知らないで過ごしている私のことを、物思いのある身であるとあなたはお分かりになるというのですね。おすごいこと。

【年立】薫二十七歳から二十八歳。手習巻は、瀕死の浮舟が横川の僧都によって発見されるところから始まる。浮舟は誰とも知らぬまま僧都の妹尼によって介抱されるが、その亡き娘の婿であった中将から言い寄られ、思いあまって出家。その後は手習いの歌を詠む日々を送る。巻末では、一年たって薫が浮舟の生存をようやく知ったことが語られている。

入水したと思われていた浮舟は横川の僧都一行によって助けられた。僧都の妹の尼君は小野の草庵で彼女を看護、亡き娘の形見として慈しんだ。だが、かつての娘婿であった中将某が浮舟を垣間見て恋慕し、歌を贈り続ける。二人の結婚を考えた尼君は、一向に返歌をしない浮舟に代わって代作し続ける。右の歌は、「山里の秋の夜深き哀れをも物思ふ人は思ひこそ知れ」*

＊山里の秋の夜深き……―山里の秋の夜更けのこの情趣

という娘婿だった中将の贈歌に初めて応えたもの。

それも、代作者の尼君が折あしく不在で、妹の少将尼が困り果てて懇願してきたため、「わざと言ふともなきを」と独り言したのを、少将尼が聞いて中将に伝えたものであった。男があなたと私は互いに「物思ふ人」として心を通わしあえる二人ですねと傲慢に言うのに対し、浮舟はとんでもないと反発する。「人は知りけり」はこの場合明らかに皮肉でしかない。

求婚の歌の場合、返歌をしないことが拒絶の意を示す。尼たちの恩に報いるため仕方なく呟いたこの歌も拒絶の歌に他ならないが、男も少将尼もそれに気づかない。彼女は取りあえず妹尼の母の寝床に逃げ込んで中将の難から逃れたものの、匂宮や薫のことを考えて不安になった浮舟は、ついに俗世を捨てる覚悟を決め、横川の僧都にすがって出家を敢行してしまう。

出家後、彼女は「例の手習ひ*にしたまへる」形で「心こそ*憂き世の岸を離るれど行方も知らぬ海人の浮木を」という歌を中将に送る。私は行方も知らぬ尼の身なのですと静かに拒絶したのである。先の歌とは相違する浮舟の落ち着いた心をここにみることができ、巻名でもある手習いの歌を詠むことが、彼女の心を支える機能として働いていることが知られる。


を、物思いのある方ならお分かりになるでしょうに。「物思ふ人」とは恋の悩みを抱える人。自分と浮舟の二人を指す。自分を「物思ふ人」だと自惚れている点もおこがましい。

*手習ひ—手すさびで書を練習すること。
*心こそ憂き世の……—心だけは俗世間から離れていますものの、私は海人であり、行方が分からない浮木のような尼の身なのです。

54

法の師と尋ぬる道をしるべにて思はぬ山に踏みまどふかな

薫

【出典】夢浮橋巻《帰京する前に薫が浮舟に贈った歌》

わが仏法の師として僧都を比叡の山にお訪ねしてきましたが、あなたが生きていらっしゃることを聞いて、それが導きの種となり、思いも寄らぬ恋の山道に迷い込んでしまったことです。

【語釈】○法―ここでは仏法を指す。法の師とはそれを導く法師。具体的には横川の僧都。

【年立】薫二十八歳。夢浮橋巻は源氏物語の最終巻。薫は比叡山の横川に僧都を訪ねる。浮舟の出家の話を聞いた薫は、浮舟の弟小君に託して手紙を書くが、浮舟は弟に会うことさえ拒み、返歌をしない。薫はその事実から、浮舟に男がいるのではないかという新しい疑念を持つ。

薫は僧都から浮舟生存の話を聞き、浮舟の弟小君に託して歌を贈った。仏道を志す彼らしく初句に「法の師」をあげたものの、僧都の導きは恋の山に踏み迷わせる導きだったと屈折した内容を詠む。あなたにすぐ会いたいなどと決して言わないところが薫なのだろう。いかにも薫らしい歌である。

いつもながらの流麗な筆跡と香を焚きしめた薫の手紙には、「僧都に免じてあなたが犯した罪はすべて許す」とも書かれていた。確かに、匂宮と通じ、自ら命を絶とうとし、人々との意思の疎通を拒否し続ける浮舟の罪は重い。しかも「こまやかに」「つぶつぶと」心を籠めて書いてあるのを見ると、彼女には言い逃れる術もない。実際彼女は、この薫の手紙を前に「言ひやるべき方もなし」＊だったと物語本文は述べている。

この薫の歌は取りあえずは贈歌である。しかし、贈歌でありながら肝心の返歌はない。今まで浮舟にあり余る愛を与えようとしてきた薫が返歌を得られないというこの事実を、どう考えるべきか。この薫の歌は、いわば返歌を誘うことのない歌ではなかったか。贈歌には返歌を要求するような強い心が必要であるが、薫の歌にはそれが足りないのであろう。

この歌は巻中にたった一首ある歌、しかも『源氏物語』の最後の歌なのにもかかわらずである。和歌とは一体何だったのであろうか。徒労で帰ってきた小君を前に、薫は「人の隠し据ゑたるにやあらん」、誰か男が隠したのではないかとさえ思う。薫までがそう考えてしまうのかと物語が記した時、浮舟との心の交感――二人に架けられる心の橋がもう決して得られないことをこの場面は示している。『源氏物語』の象徴的な閉じられ方である。

＊言ひやるべき方もなし―言葉に表現しようのないという意。

『源氏物語』の和歌概観

『源氏物語』には全部で八百首弱（七九五首）の和歌が収められている。その歌々は百人を越すさまざまな人物によって詠まれているのだが、それを紫式部という一人の作家が一人ですべて詠み分け、創り上げた。これだけ縦横に和歌が一つの作品を彩っていることは珍しい。彼女が散文作家であると同時に、類まれな歌人でもあったことは間違いない。

平安時代、和歌は歌合や屏風歌または単独で独詠される他、日常生活の中では欠くべからざるコミュニケーションの手段である贈答歌として、恋人、親子、主従、友人や女房といった同士の間で交わされた。また数名の間で唱和されたりもした。そうした現実における和歌のあり方が、『源氏物語』というフィクションにもそのまま投影されている。ただ『源氏物語』の和歌は単なる現実の模倣ではない。物語の中に和歌が登場すると、それまで日常の論理に制約されていた登場人物たちの行動は、そこではじめて自己の心情を自分一人のものとして解放でき、さらに散文が説明できない空隙を和歌は一挙に飛び越えることができた。そこには人間が感じうる喜怒哀楽のあらゆる内面の世界がたゆたっている。『源氏物語』の作者は、私たちが現実世界で味わう感情を、和歌を通してより一層鮮烈に経験させてくれている。物語の和歌とはそういうものではないか。『源氏物語』の和歌は、ときには勅撰集の歌以上に状況的・具体的に、登場人物たちの心を私たちに伝えてくれるだろう。

光源氏・薫略年譜　＊上段に光源氏（また薫）の事跡を、下段にはその巻の主な内容を示す。

第一部

1歳　誕生。幼くして才能を発揮。父の意向により臣籍に降下、源氏となる。母に似る藤壺を慕う。

12歳　元服、葵上と結婚。

17歳　雨夜の品定め。空蟬及びその継娘軒端荻と契る。発見した夕顔と契る。

18歳　若紫を発見。藤壺と里邸で密会。末摘花と契る。

20歳　右大臣側の朧月夜と契る。

22歳　若紫と結婚、紫上とする。

26歳　右大臣側の攻勢を避け須磨へ退去。明石君の噂を聞く。故桐壺院の夢を見る。

27歳　明石に移り明石君と結婚。

桐壺　桐壺更衣、桐壺帝との間に光君を生み源氏三歳の時に他界。先帝の娘藤壺、桐壺帝に入内。

帚木・空蟬　源氏を避けた空蟬の煩悶。

夕顔　源氏の愛を受けた夕顔、廃院で頓死。

若紫・末摘花・紅葉賀　藤壺、源氏の子を身ごもる。桐壺帝、朱雀院に行幸。

花宴　宮中南殿の桜花宴。

葵・賢木・花散里　葵上、夕霧出産後、物の怪により死す。

須磨　明石入道、源氏に接近、明石君を奨める。

明石・澪標　桐壺院の夢を見た朱雀帝、源氏の召還を決意。

28歳　都へ帰還。

29歳　内大臣へ昇任。末摘花邸を再訪。空蝉と再会し二条院に迎える。

32歳　藤壺の死に悲しむ。前斎院朝顔姫君の桃園邸に通う。

33歳　任太政大臣。

35歳　新邸六条院を完成。筑紫から上京した玉鬘を見出し、六条院に引き取る。

36歳　年賀のため女君たちを歴訪。玉鬘に心を動かす。

39歳　冷泉帝と朱雀院の六条院行幸、栄華の絶頂を極める。

第二部

39歳　朱雀院に女三宮の降嫁を約束。

40歳　四十賀。女三宮を六条院に迎える。

47歳　柏木と女三宮の密通を知る。

51歳　紫上に先立たれる。

52歳　紫上、追悼。出家を志向する。

蓬生・関屋　その後の末摘花邸の荒廃と源氏の再訪。逢坂関で、空蝉と再会。

絵合・松風・薄雲　梅壺女御、弘徽殿女御と絵合。

朝顔　源氏の朝顔邸通いに紫上嫉妬。

少女　夕霧、頭中将の娘雲居雁に懸想（けそう）。

玉鬘　蛍兵部卿宮・髭黒大将・柏木ら玉鬘に懸想。

初音・胡蝶・蛍・常夏・篝火・野分・行幸・藤袴・真木柱　人々の玉鬘への求婚が続く。

梅枝・藤裏葉　夕霧、雲居雁と結婚。明石姫君、春宮に入内。

若菜上　朱雀院苦慮の末、女三宮の降嫁先に源氏を選ぶ。柏木、女三宮を思慕。

若菜下　冷泉帝退位。紫上一時重態。柏木、女三宮に密通。

柏木・横笛・鈴虫・夕霧・御法　柏木の死、紫上他界。

幻（雲隠）　雲隠巻は巻名のみ存在。

第三部（年齢は薫）

14歳～24歳　冷泉院のもとで元服。自分の出生に疑問を持ち若くして道心が篤(あつ)い。一歳年長の匂宮とともに世の中の評判が高い。玉鬘の娘大君に関心。

20歳　宇治八宮の娘、大君に心惹(ひ)かれる。（以下宇治十帖。年齢が遡る）

22歳　自身の出生の秘密を知る。

23歳　中納言に昇進。

24歳～26歳　大君に迫るも再三拒絶される。大君の最期を看取る。女二宮と結婚。帝の婿となる。八宮の遺児浮舟のことを聞き、大君に似た彼女を垣間見て心を移す。匂宮の急追(きゅうつい)を受けた浮舟を宇治にかくまう。

27歳　匂宮と浮舟との関係を知り苦悩。浮舟失踪後その行方を捜すも発見できず。浮舟の一周忌後、浮舟の生存を仄聞(そくぶん)する。

28歳　横川の僧都から浮舟の生存を聞き、浮舟に手紙を書くが、返事を得られず、煩悶。

匂兵部卿　幻巻から八年経過。源氏、すでに他界。明石中宮腹の匂宮は二条院に育つ。

紅梅・竹河　髭黒他界後の玉鬘の娘大君と中君の結婚の行方。匂宮は真木柱の娘、宮の御方に執心。

橋姫　八宮、娘たちの後見を薫に託す。

椎本　八宮、娘二人に遺戒して他界。匂宮、中君に接近。

総角・早蕨・宿木・東屋　匂宮、中君と契る。大君、他界。匂宮、中君を京に迎える。匂宮、浮舟のことを聞き浮舟に迫る。

浮舟・蜻蛉・手習　匂宮、薫を装い、浮舟と契る。浮舟、死を決意して失踪。横川の僧都、浮舟を助ける。浮舟出家。

夢浮橋　浮舟、薫から手紙を託された弟の小君に会わず。

解説

「和歌から解く『源氏物語』世界の機微」――高野晴代

作者紫式部

『源氏物語』の作者紫式部は、藤原道長の娘中宮彰子（しょうし）に仕えた女房であった。『源氏物語』のような長編が書けたのも、魅力的な後宮（こうきゅう）作りを必要とした道長から多大な援助があったためである。九七三年頃の出生で、父は藤原為時（ためとき）という受領であった。父は文章生（もんじょうしょう）の出身、花山（かざん）天皇時代、蔵人（くろうど）になって将来を嘱望（しょくもう）されていたが、花山院が兼家らによって突然クーデターのような形で退位させられて以来、十年間の閑職を余儀なくされた。その間、彼は子女の教育に力を傾けた。『紫式部日記』には、弟の惟規（のぶのり）に講義していたら、傍らの式部の方が先に覚えてしまったので父の慨嘆を誘ったという有名な逸話が見える。『源氏物語』にはその漢文の知識が横溢（おういつ）していて、為時の訓育（くんいく）の程がよく分かる。また式部は晩婚であったようだ。父と年齢が近い藤原宣孝（のぶたか）と結婚、娘大弐三位（だいにのさんみ）を儲（もう）けたが、まもなく夫は疫病で死去。三年という短い結婚生活であった。その後、つれづれのあまり書き始めた『源氏物語』が世間の評判をよんで、望まれて彰子の許（もと）に出仕、さらに『源氏物語』を書き続けた。当然和歌も学んでいて、贈答歌を中心に厳選した『紫式部集』という家集を残している。八百首近くの歌を収めた『源氏物語』に比べると、おそらく自ら精選した百三十首程度の小歌集は、彼女の考え方や詠歌方法が分かる貴重な資料である。

源氏物語の構成と和歌

『源氏物語』は一般に三部構成からなるとされている。第一部は、桐壺巻から藤裏葉巻まで、光源氏が須磨流謫などの苦難を経て栄華を極めるまでを描く三十三巻、第二部は若菜上巻から幻巻まで、源氏が築き上げた六条院の秩序が内部から崩壊していく苦悩の後半生を描く八巻、第三部は匂兵部卿巻から夢浮橋巻まで、光源氏亡き後の薫や匂宮らの若き世代を描いた十三巻である。

本書は、粗筋に添いつつ作中の和歌に焦点を当てたものだが、その点で特色ある巻をいくつか指摘しておけば、和歌が詠まれた頻度が最も高いのは、紫上追悼の一年を季節や年中行事にそった和歌を基軸に進める幻巻、また一巻の中で歌数が最も多いのは須磨巻。長さも長いが、須磨に退去した源氏と都の人々との交信には和歌による消息が使われたためである。

和歌の種類

『源氏物語』の和歌は虚構の作品ではあるものの、そこに出てくる歌が当時実際に行われていた和歌の詠み方の原則に基づいていることは言うまでもない。和歌には、「桜」とか「忍ぶ恋」といった題に従って詠む題詠もあるが、本来は日常贈答の伝達手段として使われることが重要な機能であった。特に男女間の恋愛は大半がこの贈答によってなされたといって過言ではなく、本書でもその例は枚挙に暇がない。しかし、相手が亡くなっていたり、高貴な人への叶わぬ恋だったり、どうせ返してくれない相手だったりとすると、一人で独詠の歌を詠むほかなかった。相手のいない贈答歌とでも言うべきものだが、もちろん物思いが昂じて問わず語りに詠むという独詠もあった。この他、場を同じくする何人かの人間が、思いを共有して唱和することもあった。『源氏物語』の和歌も、贈答歌と独詠歌と唱和歌、この三つのパターンにほぼ分類されている。このうち贈答歌が六百二十首程で、言うまでもなく、最も多い。

贈答歌

贈答歌は、社会的な慣習上、恋の歌においては、男から女へ向かって詠み掛けるというのが一般的である。当然、贈歌は男が、返歌は女が詠むのが普通で、恋の接近から破綻まで大体がこのケースによる。男への思いを強く表すために、女から詠み出す逆型の場合もあった。

贈歌には特に条件はない。しかし返歌には大体以下のような二つの約束事があった。一つは、贈られてきた贈歌の中の主要語句を返歌の中に織り込むこと。二つめは「切り返し」と呼ばれる手法を駆使すること。具体例を一つあげよう。

蓬生巻の一シーンで、久しぶりに源氏が末摘花邸を再訪した時の二人の歌である（15）。

・藤波のうち過ぎがたく見えつるは松こそ宿のしるしなりけれ　…源氏
・年を経て待つしるしなきわが宿を花の便りに過ぎぬばかりか　…末摘花

末摘花の返歌が、源氏の贈歌に見える「過ぎ」「松（待つ）」「宿」「しるし」の四語を受けて構成されているのが分かるだろう。贈歌に合わせることが心を合わせることになるからだが、実はこの繰り返しは、次に見るように逆に相手の矛先をいなす動機ともなった。

それが二つめの「切り返し」の技法に表れる。右の二首はそれぞれ、

・源氏―藤の花が咲いているこの屋敷の前を素通りできないと見えたのは、藤がからみついている松の木が私を待っているというしるしだったからでした。

・末摘花―何年も何年もお待ちしていたのにそのかいもなかった私の家に珍しくお見えになったのは、私よりも藤が咲いていたので見過ごしもできず、ついでに立ち寄っただけなのでしょう。

という意味だが、「ついでに立ち寄っただけでしょう」というこの末摘花の返し方はなかなか痛烈である。どうして来られたのですか、などと素直に返しては、贈答歌の詠み方から外れてしまう。また「あなたに逢いたくて逢いたくて」などと詠まれて「私もですわ」では、答歌としていかにも稚拙（ちせつ）というもの。つまり返歌は、この末摘花のように相手の言葉を小気味よく切り返して、皮肉ったりしっぺ返しを喰らわすのが常套（じょうとう）で、その切り返しが巧みなほど、男はさすがだと思ってさらに心を燃やし、女への評価を新たにするのである。末摘花の歌は最初に出逢った頃はぎこちない歌ばかりだったのだが、この歌を見て源氏も「昔よりはねび勝りたまへるにや」とその成長ぶりに驚いたと記している。古来、小町や伊勢、和泉式部といった恋愛の名人と言われた女性たちは、皆この手法の名手であった。逆に言えば、切り返しが下手な女性は、恋愛にも成功できないということであろう。

独詠歌

　これに対し、独詠（どくえい）というのは読んで字のごとく、相手がなくて独りで歌を詠むことである。もっとも贈りたい相手がいなくて、結果的に独詠になる場合が多い。『源氏物語』では全部で百首程の独詠歌が見られるが、ほとんどはこのケースである。例えば夕顔巻で、恋人の夕顔が物の怪に襲われて突然死んでしまった後で源氏が詠んだ歌（04）、また野分巻で、台風の見舞いに来た源氏の関心が早くも次の女性に向いているので、その心を繋ぎとめることができず、彼が去った後に空しく独りで詠んだという歌（28）などがある。従って、自分から進んで独詠するわけではなく、通常の贈答が何らかの事情で成立しない場合に独詠となる。

唱和歌

これは一つの場を共有した三人以上の人物が次々と歌を詠んでいく場合で、唱和歌と称することが多い。本書でも、流謫の地須磨で源氏と供人たちが雁を見て交わす唱和（12）、松風巻における明石入道親子の別れの唱和（18）、紫上の臨終シーンにおける紫上、源氏、明石姫君の唱和（40）などを取りあげた。また、竹河巻における童女なれきの歌からは、歌会のような連続詠歌によってその場を盛り上げていく詠歌の様相が見えて興味深い（44）。こうした唱和の歌からは、それぞれの気持ちの差異をともなった集団的交流が読み取れるという点で、贈答や独詠の歌にはない生き生きとした生動感が見られることがある。なお、『源氏物語』には、十八組の唱和歌が数えられる。なお、唱和歌を「会合の歌」と称することもある。

引歌と代作（詠）

この他、『源氏物語』の和歌については、引歌と代作（詠）という問題がある。引歌とは、物語の地の文や会話、あるいは歌そのものの中に有名な古歌の一部分を引用することで、古歌が持っているフォーミュラ（成句）としての性格をもっともよく発揮させたものである。賢木巻で、野宮における六条御息所と源氏の久しぶりの再会と伊勢へ旅立つ御息所との別離の場面では、引歌が言葉遊びのように使われ、そのことによって二人の世界がより一層共有されるように描かれている（10）。また代作というのは、古来から実際にいくらでも行われていた慣習で、当人に代わって歌に長けたベテランや歌を職能とする専門歌人が代作するというもの。勅撰集にもあちこちに堂々と載っているが、『源氏物語』の中では、幼い姫君が贈答の返歌を詠む際に、女房や乳母が代作するのが普通であった。明石君が初めて源氏に返した歌は父明石入道が代作したものであったし、末摘花の最初の頃の返歌も乳母子の代作であった。浮舟巻では、浮舟を見そめた中将の贈歌に対し、横川の僧都の妹尼が三回も代作している。『源氏物語』では、姫君たちに代わってベテランたちが詠んだ例が多い。

物語の和歌

『源氏物語』には他にも、和歌は詠み続ければ上手くなること、よい指導者が必要なこと、また当意即妙の才が必要であることなど、興味ある話がいくつか綴られているが、贈答歌なり独詠歌なり唱和歌なりが詠み出された時、その歌を契機にその後の物語の進行が大きく変動するということもあった。物語の和歌は、勅撰集などに載る現実の和歌とはもちろん違う。しかし現実の和歌が日常世界で必須のものとされていた和歌のコミュニケーション機能を『源氏物語』が投影していることは確かである。いやむしろ、物語であるがゆえに作者は、現実世界の日常的な桎梏といったものに惑わされることなく、より純粋な形でそのあるべき姿を描こうとしたのではないかと思われる。

読書案内

『源氏物語と和歌を学ぶ人のために』　加藤睦・小嶋菜温子編　世界思想社　二〇〇七
『源氏物語』と和歌の入門書。参考文献も整理されており、使いやすい。

『源氏物語と和歌』　小嶋菜温子・渡部泰明編　青簡舎　二〇〇八
『源氏物語』の和歌、またその和歌が、どのように影響していくかを考えた論文も含む。

『源氏物語の歌と人物』　池田節子・久富木原玲・小嶋菜温子編　翰林書房　二〇〇九
作中人物を取り上げるとともに、后の歌、内侍の歌など位や職掌の相違なども対象としている。

○

『源氏物語の歌ことば表現』　小町谷照彦　東京大学出版会　一九八四
歌ことばについて規定し、その使用の具体例が詳しく書かれている。

『源氏物語の風景と和歌』　清水婦久子　和泉書院　一九九七
引歌など、和歌の特性を捉えたもの。

『源氏物語歌と呪性』　久富木原玲　若草書房　一九九七
和歌の表現に呪性という考え方を使って解くもの。

『源氏物語歌織物』　宗雪修三　世界思想社　二〇〇二
歌の表現がどう作品に関わるか、『源氏物語』織物（テクスト）の問題を扱う。

『源氏物語と和歌世界』　青山学院大学文学部日本文学科編　新典社　二〇〇六
「画賛的和歌」などを提案、シンポジウムをまとめたもの。

『女から詠む歌　源氏物語の贈答歌』　高木和子　青簡舎　二〇〇八
贈答歌の在り方を追究した論。女の贈歌について触れる。

『王朝和歌の想像力　古今集と源氏物語』　鈴木宏子　笠間書院　二〇一二
『源氏物語』における和歌のあり方、特に王朝和歌との関係を論じる。

○

『和歌文学論集』第三巻「和歌と物語」『和歌文学論集』編集委員会編　風間書房　一九九三
物語の和歌を中心にした研究書。参考文献も詳しい。

『源氏物語研究集成』第九巻「源氏物語の和歌と漢詩文」増田繁夫・鈴木日出男・伊井春樹編　風間書房　二〇〇〇
『源氏物語』の和歌を対象とした研究論文集。

源氏物語の四季（抄）

秋山　虔

『源氏物語の女性たち』（小学館　昭和六十二年四月）

身を灼く蛍

玉鬘は生母夕顔の不慮の死を知らぬまま西国に下向し長い年月の流浪の後、六条院に迎え取られた。彼女の実父は内大臣（かつての頭中将）だが、世間には光源氏の娘として披露されたのである。いま二十二歳の年盛りの彼女に懸想人が殺到することになったのはいうまでもないが、なかんずく誰しもの目に好ましく、かつ有望と見えたのは、源氏の弟、美貌で教養もゆたかな蛍兵部卿宮であった。源氏は、宮からしばしば寄せられる懸想文を検分し、しかるべき応対を玉鬘に慫慂した。

五月雨のころのある夜、源氏は常々玉鬘の代筆役をつとめる女房を召し、みずから口授して兵部卿宮の心をそそり立てるべく、色よい返事を書かせた。宮と玉鬘との対面の機会を巧みにしつらえたのである。夜のとばりも濃くなるころ、六条院を訪れてきた宮は、ほのかに漂う空薫物に心もそぞろであった。一方、源氏にせきたてられて、母屋の際、宮を招じ入れた廂の間の近くに寄り臥した玉鬘は、宮の言葉を尽くす訴えに、息をひそめて応答をためらう初々しさであった。その時である。玉鬘を押しつつんでいた深い闇がにわかに明るくなったのは……。近寄った源氏が、几帳の横木に帷子を掛けると同時に、かねて包み隠しておいた蛍の群れをいきなり放ったのである。玉鬘は咄嗟に扇で顔を蔽うが、その横顔は、そこだけが闇の中で幻想的に浮き立った。ほのめく光の塊と、ゆくりなくも照らし出された女の様体を目にして、或乱した宮は、

　鳴く声も聞こえぬ虫の思ひだに人の消つには消ゆるものかは

と訴えた。女は、

　声はせで身をのみこがす蛍こそ言ふよりまさる思ひなるらめ

そんな歌をお詠み出しになるというのも、その思いのほどは何も言わずにひたすら身を灼く蛍ほどでもないからでしょう、と応じたのである。

　こうした贈答は、蛍に託す恋の歌の伝統的発想にもとづいている。

　明けたてば蟬のをりはへ鳴きくらし夜は蛍の燃えこそわたれ（『古今集』恋一　読人しらず）

　昼は鳴き夜は燃えてぞながらふる蛍も蟬もわが身なりけり（『古今六帖』六　紀貫之）

　鳴く蟬も燃ゆる蛍も身にしあれば夜昼物ぞ悲しかりける（『宇津保物語』祭の使）

これらは夏の日中鳴きたてる蟬と、みずから光を放って身を灼く蛍とを対比させつ

几帳　室内に立てる障屏具。土居という四角な台に二本の細い柱を立て、横木をわたして、これに帳をかけて垂らす。帳は、季節や場に応じて地質や模様を変える。

帷子　几帳・帳などに使う絹布。

つ、夜昼絶えることなき片恋の嘆きをうたうものだが、

夕されば蛍よりけに燃ゆれども光見ねばや人のつれなき（『古今集』恋二　紀友則）

音もせで思ひに燃ゆる蛍こそ鳴く虫よりもあはれなりけれ（『重之集』）

つつめども隠れぬものは夏虫の身よりあまれる思ひなりけり（『大和物語』四十段）

のごとき、同じ片恋でも、その悲しさ空しさを訴える、より哀切な歌がある。『大和物語』の歌の「夏虫」が「蛍」であることはいうまでもない。

さて、源氏がしつらえた、蛍を放って女の姿を照らし出すという趣向は、それ自体としては目新しいものではない。『伊勢物語』三十九段や『宇津保物語』「初秋」巻に先蹤（せんしょう）があった。しかしながら「蛍」巻のこの場面では、先行のそれらが、文字どおり単なるそうした趣向にとどまっているのと違って、優艶な夜の気分のうちに源氏と玉鬘と兵部卿宮と、三者三様の心々の微妙なからみあいが構成されている。

源氏自身、玉鬘を庇護（ひご）する親の立場にありながら、昔の夕顔への狂熱的な愛の思い出も喚（よ）び起こされ、すでにこの美しい娘に対する愛執に抗しきれなくなっていたのである。にもかかわらず、彼女の際立った美貌をことさらに兵部卿宮の目にさらし、宮の執心をいやがうえにも掻（か）き立てようとするのは、優美な恋物語の一情景を演出することによって、自身の執着をそこに転位しようとするものだったろうか。

一方、玉鬘は、源氏のしだいに高じてくる尋常ならざる親心から逃れるべく、強（し）いて兵部卿宮へと心を向けようとしていたのでもあった。だから、前掲の「鳴く声も……」の歌は、宮の詠ではありつつも、源氏にとってはあらわに訴えることのできぬ

下燃(したも)えの苦しい思いがそのまま表白されていたことになるのだし、またその宮の歌に対する玉鬘の「声はせで……」の巧みな切り返しは、同時にひそやかに迫る源氏に対してのいなしの歌でもあったわけである。

朝顔の花

朝顔の姫君は、源氏の叔父、桃園式部卿宮(ももぞののしきぶきょうのみや)の娘、したがって源氏の従妹(いとこ)ということになる。源氏とこの姫君とのかかわりが当初どういうことだったのかは不明だが、源氏の彼女に寄せる、また彼女の源氏に寄せる思いには尋常ならざるものがあった。二人の関係は世間にも取り沙汰されたが、しかしついに結ばれることはなかった。十年の長期にわたって彼女が賀茂の斎院の地位にあったことも大きな理由だが、常に源氏との間に一定の距離を設けつづけた彼女の心の固い守りによる。もし自分が源氏に許すとしたら、源氏の妻妾並みに下落し、彼女らと同様に女としての苦しみをなめさせられることになるだろう。それよりも源氏から求められ憧(あこが)れられることによってうるわしい関係を保持していく特別の存在でありたい、と姫君は願っていたのである。

彼女が「朝顔」の名で呼ばれるのは、源氏十七歳の夏以前のある時に、朝顔の花に付けて源氏から歌を寄せられたことに因(ちな)むが、それがいかなる折のいかなる歌だったのか、現存の『源氏物語』には記事がない。はるかに年を隔てて源氏三十二歳の「朝顔」巻で、源氏はふたたび姫君に朝顔の歌を詠みおくるのである。

その年の春に藤壺が世を去って、藤壺と源氏との秘事は冷泉帝（れいぜいてい）の知るところとなった。源氏の人生の大転機が訪れたのである。またその夏に式部卿宮も他界したので姫君は斎院を退下（たいげ）して里邸（りてい）の人となった。源氏が藤壺を失った空虚を埋めようとするかのように姫君に執着していったのは、彼にとっては姫君が藤壺に代わる理想びとだったことによるのだろう。しかし、姫君の心は、斎院としての禁忌（きんき）から解かれた今も、以前と変わるものではなかったのである。うち砕かれた思いで桃園邸から帰ってきた源氏は、虚（うつ）けたように朝霧の立ちこめる前栽（せんざい）をながめていた。すでに秋の花々は衰え、木草に這（は）いまつわる朝顔があるかなきかの風情に花を咲かせている。源氏はその色も特に褪（あ）せた花をわざと折らせ、それに付けて姫君のもとに詠みおくるのだった。

　見しをりのつゆわすられぬ朝顔の花のさかりは過ぎやしぬらん

かつてのあなたの初々（ういうい）しい面輪（おもわ）は、この朝顔の花のように盛りを過ぎてしまったというのだろうか、と。すでに青春の日を遠い過去のなかに失ってしまった二人であることは紛れもない現実である。が、それが何だというのだろう、長い年月積もり積もった思いのせつなさをあなたは分かってくれるのではなかろうか、それを頼みにしている、という源氏の訴えに、姫君は返した。

　秋はてて霧のまがきにむすぼほれあるかなきかにうつる朝顔

色移ろう朝顔に付けて、反語的に訴嘆した源氏の歌に対し、姫君はその朝顔の姿そのままのわが身であるとする。彼女は清らかに貴い身分の人ながら、内に秘めた源氏への深いかけがえのない思いを自らあえなく枯死させたのである。いかにも「朝顔」の名に相応（ふさわ）しいが、「朝顔」は単に彼女のはかない人生に限らず、一般に移ろいやすい人の命の象徴でもあるといえよう。

宇治十帖の「宿木」巻で、大君（おおいぎみ）に先立たれた薫（かおる）中納言は、すでに匂宮（におうのみや）の妻となっている妹の中の君に思いを燃やしていったが、しかし薫の執心は、わが愛のかいもなくこの世を去った大君の命への無量の哀惜と分かちがたいだけに、いかにもはかないのである。彼が色とりどりに咲きわたる籬（まがき）の花々のなかで、そこにはかなげに交じる朝顔に特に目をそそぐのは、心中の無常の思いをこの花の姿に見るからであった。

　けさのまの色にやめでんおく露の消えぬにかかる花と見る見る

と独りごつ薫は、やがて中の君にこう訴えた。

　よそへてぞ見るべかりけるしら露のちぎりかおきし朝顔の花

中の君の返し、

　消えぬまにかれぬる花のはかなさにおくるる露はなほぞまされる

大君の形見として中の君をわがものにしたかったのに、という薫の訴えに、はかなかった大君の命よりも、なおはかないわが身の上であるものを、と切り返したのである。「露」も「朝顔」と競うはかなさの象徴なのだ。

「白露の置くを待つ間の朝顔は見ずぞなかなかあるべかりける」という源宗于（むねゆき）*の歌がある。『枕草子』「小白河といふ所は」の結びが、はえばえしさの限りと見えた義懐（よしちか）*中納言の出家を、「桜など散りぬるもなほ世の常なりや、置くを待つ間のとだにいふべくもあらぬ御有様にこそ見え給ひしか」と詠嘆しているのも想起されるのである。

源宗于　平安時代の歌人。九三九年ごろ没。三十六歌仙の一人。

義懐中納言　藤原伊尹五男（九五七～一〇〇八）。母は代明親王女恵子。兄の挙賢・義孝が早逝したため伊尹の嫡流となり、妹懐子所生の花山天皇を外舅として補佐したが、天皇の落飾にともない出家、飯室に住んだ。

高野晴代（たかの・はるよ）
＊1951年東京都生。
＊日本女子大学大学院博士課程後期単位取得退学。
＊現在・日本女子大学名誉教授。
＊主要編著・論文
和歌文学大系5『古今和歌集』（共著　明治書院）
「「仁和御屏風」再考―光孝朝屏風歌は、はたして存在したか―」（「和歌文学研究」）
「贈答歌の方法―『竹取物語』をめぐって」（『古筆と和歌』笠間書院）
「光源氏物語の終幕―贈歌不在の視点から―」（『源氏物語と和歌』青簡舎）など。

源氏物語の和歌（げんじものがたりのわか）　コレクション日本歌人選　008

2011年7月25日　初版第1刷発行
2024年7月5日　四版第1刷発行

著者　高野晴代
監修　和歌文学会

装幀　芦澤泰偉
発行者　池田圭子
発行所　有限会社　笠間書院
東京都千代田区神田猿楽町2-2-3［〒101-0064］
NDC分類 911.08　電話　03-3295-1331　FAX 03-3294-0996

ISBN978-4-305-70608-9 印刷／製本：シナノ
乱丁・落丁本はお取り替えいたします。　（本文用紙：中性紙使用）

コレクション日本歌人選　第Ⅰ期〜第Ⅲ期　全60冊完結！

第Ⅰ期　20冊　2011年（平23）2月配本開始

1	柿本人麻呂	かきのもとのひとまろ	高松寿夫
2	山上憶良	やまのうえのおくら	辰巳正明
3	小野小町	おののこまち	大塚英子
4	在原業平	ありわらのなりひら	中野方子
5	紀貫之	きのつらゆき	田中登
6	和泉式部	いずみしきぶ	高木和子
7	清少納言	せいしょうなごん	圷美奈子
8	源氏物語の和歌	げんじものがたりのわか	高野晴代
9	相模	さがみ	武田早苗
10	式子内親王	しょくしないしんのう（しきしないしんのう）	平井啓子
11	藤原定家	ふじわらていか（さだいえ）	村尾誠一
12	伏見院	ふしみいん	阿尾あすか
13	兼好法師	けんこうほうし	丸山陽子
14	戦国武将の歌		綿抜豊昭
15	良寛	りょうかん	佐々木隆
16	香川景樹	かがわかげき	岡本聡
17	北原白秋	きたはらはくしゅう	國生雅子
18	斎藤茂吉	さいとうもきち	小倉真理子
19	塚本邦雄	つかもとくにお	島内景二
20	辞世の歌		松村雄二

第Ⅱ期　20冊　2011年（平23）10月配本開始

21	額田王と初期万葉歌人	ぬかたのおおきみ しょきまんようかじん	梶川信行
22	東歌・防人歌	あずまうた さきもりうた	近藤信義
23	伊勢	いせ	中島輝賢
24	忠岑と躬恒	みぶのただみね おおしこうちのみつね	青木太朗
25	今様	いまよう	植木朝子
26	飛鳥井雅経と藤原秀能	まさつね ひでよし	稲葉美樹
27	藤原良経	ふじわらのよしつね（りょうけい）	小山順子
28	後鳥羽院	ごとばいん	吉野朋美
29	二条為氏と為世	にじょうためうじ ためよ	日比野浩信
30	永福門院	えいふくもんいん（ようふくもんいん）	小林守
31	頓阿	とんな（とんあ）	小林大輔
32	松永貞徳と烏丸光広	ていとく みつひろ	高梨素子
33	細川幽斎	ほそかわゆうさい	加藤弓枝
34	芭蕉	ばしょう	伊藤善隆
35	石川啄木	いしかわたくぼく	河野有時
36	正岡子規	まさおかしき	矢羽勝幸
37	漱石の俳句・漢詩		神山睦美
38	若山牧水	わかやまぼくすい	見尾久美恵
39	与謝野晶子	よさのあきこ	入江春行
40	寺山修司	てらやましゅうじ	葉名尻竜一

第Ⅲ期　20冊　2012年（平24）6月配本開始

41	大伴旅人	おおとものたびと	中嶋真也
42	大伴家持	おおとものやかもち	小野寛
43	菅原道真	すがわらのみちざね	佐藤信一
44	紫式部	むらさきしきぶ	植田恭代
45	能因	のういん	高重久美
46	源俊頼	みなもとのとしより（しゅんらい）	高野瀬恵子
47	源平の武将歌人		上宇都ゆりほ
48	西行	さいぎょう	橋本美香
49	鴨長明と寂蓮	ちょうめい じゃくれん	小林一彦
50	俊成卿女と宮内卿	しゅんぜいきょうじょ くないきょう	近藤香
51	源実朝	みなもとのさねとも	三木麻子
52	藤原為家	ふじわらためいえ	佐藤恒雄
53	京極為兼	きょうごくためかね	石澤一志
54	正徹と心敬	しょうてつ しんけい	伊藤伸江
55	三条西実隆	さんじょうにし さねたか	豊田恵子
56	おもろさうし		島村幸一
57	木下長嘯子	きのした ちょうしょうし	大内瑞恵
58	本居宣長	もとおりのりなが	山下久夫
59	僧侶の歌	そうりょのうた	小池一行
60	アイヌ神謡ユーカラ		篠原昌彦

『コレクション日本歌人選』編集委員（和歌文学会）

松村雄二（代表）・田中　登・稲田利徳・小池一行・長崎　健